오늘,
난생처음
살아보는 날

박혜란 세대 공감 에세이

오늘,
난생처음
살아보는 날

박혜란 지음

나무를 심는 사람들

드디어
노인이 되었다

나이는 숫자에 불과하다. 글쎄 한 스물다섯 살 즈음이었을까. 이젠 더 이상 꽃다운 나이가 아니라는 서글픈 사실을 깨달았을 때부터 난 애써 그렇게 믿기로 했다. 나이는 숫자에 불과할 뿐이야. 내가 신경을 쓰지 않으면 되는 거야.

꼬박 십 년을 살림과 육아에 푹 빠져 살다가 마흔 살이 되기 바로 직전, 아차 이러다가 평생 그냥 집 붙박이로 사는 게 아닐까 하는 두려움이 나를 사로잡았다. 애들도 키울 만큼 키워 놨으니 이제 뭐라도 시작하겠노라는 며느리의 돌발 선언에 시어머니는 '여자 나이 마흔이면 환갑'이라며 발목을 잡으셨다. 하지만 나는 '앞으로 어머님만큼만 살아도 사십 년을 더 살 수 있으니 지금도 한창 젊은 나이'라며 한걸음도 물러나지 않았다.

그 후 나이도 분수도 잊고 날마다 새로운 일을 찾아서 마구 달리다가 마침내 번아웃 되었던 오십 대 초반, 나는 나이가 그냥 숫자에 불과한 것만은 아니라는 냉엄한 현실을 받아들여야 했다. 나는 나이 따위에 휘둘리지 않겠노라고 마음먹었지만 나이는 내 마음과 상관없이 자기 나름대로 해야 할 일을 하고 있었다. 나이는 이미 내 몸속에 밀고 들어와 확고한 자리를 잡고 있었던 것이다. 헐, 이럴 수가!

남들은 아무도 모르는 것을 나 혼자만 깨달았다는 듯이 난 나이가 내 몸을 어떻게 짓주물렀는지에 대해서 낱낱이 까발렸다. 까발릴 뿐만 아니라 한껏 잘난 체하며 충고의 말씀까지 늘어놓았다. 우리는 모두 나이 들어가는 존재이다. 몸이 건네는 말에 귀를 기울이고 마음을 비우고 멋지게 늙어 가자 어쩌고저쩌고. 앞으로는 제대로 나이 들어가는 사람으로 젊은이들의 귀감이 될 듯이 떠들어 댔다.

말로만으로는 모자랐는지 책으로까지 펴냈다. 『나이 듦에 대하여』라는 밍밍하기 짝이 없는 제목으로.

책은 기대했던 것보다 훨씬 열렬한 호응을 얻어 오히려 내가 더 놀랄 지경이었다. 아마도 무언가 그럴듯해 보였던 사람이 허접스런 진면목을 적나라하게 드러냈다는 점에서 위로를 받은 모양이라고 나 나름으로 짐작해 보았다.

하지만 제대로 나이 들어간다는 게 어디 만만한 일인가. 아무리 나이가 들어도 인생은 언제나 낯설고 서투른 걸 어쩌랴. 육십을 넘겨서도 그저 허둥대며 살아가는 모습을 나는 또 하나의 책으로 엮어 냈다. 『다시 나이 듦에 대하여』는 십 년 동안 한 치도 더 자라지 않은 내 모습을 담고 있다.

어찌된 일인지 오십 대에 그리도 화를 냈던 몸은 육십을 넘기면서 순해지는 것 같았다. 아마도 전에는 신경도 쓰지 않았던 주인이 제법 신경을 써 주는 것처럼 보였기 때문인가 보았다. '잊으니까 사람이다'는 말이 있던가. 그동안 몸이 수더분해져 살 만해지자 나는 예의 시건방을 되찾았다. 게다가 세상이 온통 호모헌드레드 시대의 도래를 기정사실화하면서 나 역시 당연히 백 살까지는 문제없이 살 것 같은 근거 없는 자신감까지 들었다. 친구들이 함께 칠순에 다가가면서도 그까짓 칠순쯤이야 백 세에 비하면 아무것도 아니지 싶었다. 나는 어느새 나이를 잊어 갔다.

그랬는데…. 우리 나이로 딱 일흔이 되던 해의 첫날 아침, 눈을 뜨니 기분이 묘했다. 뭐랄까, 껄쩍지근하다는 표현이 딱 들어맞는 그런 기분. 어젯밤까지만 해도 나이 따윈 나하고 아무런 상관이 없다고 생각하고 내일도 오늘과 같겠지 싶었는데 그게 아니었다. 도대체, 이 기분, 뭐지?

난 평소 무슨무슨 기념일이라는 날에 별 의미를 두지 않고 살아왔다. 물론 기념일을 챙길 만큼 물심양면으로 여유가 없기도 했겠지만 그보다는 타고난 성품이 좀 시큰둥하기 때문이다. 솔직히 일 년 열두 달 삼백육십오 일 모든 날이 다 우리 일생에 단 하루밖에 없는 날이 아닌가.

나보다 세 살 연상인 남편이 일흔 살이 되던 새해 아침에 나는 진지하게 물었다. 일흔 되는 기분이 어떠냐고. 일평생 코끼리 발바닥 같은 감성으로 나를 답답하게 만들어 온 남편에게선 예상했던 답변이 나왔다. 어떻긴 뭐, 그냥 그렇지.

　그래서 나도 그럴 줄 알았다. 예순아홉이나 일흔이나 그저 하루 차이일 뿐인데 의미는 무슨. 그런데…. 그게 아니었다. 난 하루 사이에 칠순 노인이 되었다는 사실에 갑자기 위축되는 기분이었다. 육십 노인이라는 말은 시대착오적으로 들리게 된 지 오래되었지만 칠십 노인이란 말은 입에 착 감기지 않나. 육십 대는 어거지로 신중년의 범위에 들이밀어도 어색하지 않지만 칠십은 명실상부한 노년기에 속한다.

　일흔 살은 단순히 70이란 숫자에 불과한 게 아니었다. 70은 노인인증서였다. 나는 드디어 노인이 된 것이다! 이러니 새해 아침, 기분이 그토록 껄쩍지근할 수밖에.

　가슴 밑바닥에서 설렘인지 두려움인지 아리송한 기운이 스멀스멀 피어오르는 게 느껴졌다. 한층 가까워진 죽음 앞에서 앞으로 과연 어떻게 하루하루 나이 들어갈 것인가.

1. 일흔 살의 버킷리스트

2. 우리는 여전히 젊다

3. 열심히 대충대충

4. 부탁해, 마이 바디

5. 다 생각하기 나름

6. 행복해할 줄 아는 사람들

1장

·
·
·

일흔 살의
버킷리스트

DNA는
강하다

아침, 햇살 밝은 거실에 퍼질러 앉아 신문을 읽느라 목이 점점 앞으로 숙여진다. 나쁜 버릇인 줄 알면서도 신문은 꼭 그 자세로 읽게 된다. 점잖게 소파에 앉아 읽으면 읽는 맛이 덜 난다. 그러니 이내 뒷덜미가 뻐근할 수밖에. 할 수 없이 고개를 쳐든다. 그 순간이다. 켜지도 않은 TV 화면에 낯익은 얼굴이 비친다. 돌아가신 어머니다. 언제나처럼 눈두덩이 소복한 어머니가 나를 빤히 바라보고 있다. 이런, 나였구나.

언제부터인가 이런 일이 잦다. 새벽에 일어나자마자 화

장실에 갔다가 손을 씻는데 세면대 거울 속에 어머니가 있다. 어느 날은 외출하고 들어오는데 현관 거울에서 어머니가 맞는다. 어떨 땐 혼자 '엄마' 하고 불러 보기도 한다.

모든 딸은 엄마 판박이라는 말이 나한테는 해당되지 않는다고 믿었다. 아버지 쪽에 가깝다는 말을 듣고 살아왔는데 어느 날 문득 어머니와 닮아 가고 있음을 알았다. 심지어 어머니는 쌍꺼풀이 없고 난 쌍꺼풀이 뚜렷한데도 신기하게도 눈매가 똑같아 보인다. 귀신이 곡할 노릇이다.

자기 엄마는 무조건 세상에서 제일 예뻐 보인다던데 난 아니었다. 어렸을 때부터 이성적이어서 그랬는지 아니면 천성이 삐딱해서인지 내 눈에는 우리 어머니가 참 못생겨 보였다. 아마도 아버지가 그레고리 펙을 빼닮은 듯한 두드러진 미남이었기 때문에 어린 눈에도 비교가 됐기 때문인가 보았다. 얼굴만 그런 게 아니라 체격도 영 딴판이었다. 당시로선 드물게 훤칠한 장신이었던 아버지와 반대로 어머니는 한마디로 짜리몽땅 그 자체였다. 물론 그렇다고 어머니를 좋아하지 않았다는 말은 아니다.

젊었을 때는 네 자매 가운데 막내 여동생 하나만 어머

니를 빼닮은 듯했고 나머지 셋은 어머니와 확연히 다르게 생긴 것 같았다. 그렇다고 딱히 아버지를 닮은 것도 아니었다. 둘째만 눈매와 입매에 아버지 피색이 있었지만 나와 셋째는 한구석도 닮은 곳이 없었다. 난 속으로 아버지를 닮았으면 조금은 낫게 생겼을 텐데 하고 아쉬워했지만 그나마 어머니를 노골적으로 안 닮은 것만으로도 다행이지 싶었다. 이런 딸내미의 속마음을 어머니가 알았었다면 기분이 어땠을까. 조금 속상했을까? 아니 어쩌면 너무 가당찮고 우스워서 떼굴떼굴 굴렀을지도 모른다. 내 기억에 어머니는 절대로 자신이 못생겼다고 생각하지 않았다. 아버지가 노골적으로 어머니를 좋아했기 때문인지 어머니는 늘 자신만만했다.

그랬던 내가 쉰 즈음부터 어머니를 슬금슬금 닮아 가더니 예순 즈음에는 아주 빼다 박아 가는 것처럼 보였다. 어머니 살아생전 아이들이 나보고 외할머니를 닮아 간다고 했을 때는 무슨 헛소리냐며 윽박질렀는데 지금은 나도 나를 보고 깜짝 놀랄 지경이다. 특히 아침에 일어났을 땐 붕어빵이다. 눈이 똑같다. 쌍꺼풀도 부으니 별수 없다.

하긴 새삼스러운 일도 아니다. 체격은 이미 삼십 대부터 엄마를 닮아 갔으니까. 팔다리 가늘고 배만 볼록한 이른바 거미 체형은 육 남매가 똑같다. 그토록 체격이 좋던 아버지도 나이 들어가면서는 어머니와 막상막하인 거미 체형으로 서서히 변신했다. 우리 육 남매는 운동으로 몸을 만들 생각은 하지 않고 오로지 '유전자의 힘'을 탓하며 앉은자리에서 먹고 또 먹어 대곤 했다.

부모에게 지은 죄는 자식에게 고스란히 되갚음 당한다는 말이 있다. 난 아이들이 정신적으로나 육체적으로 나를 닮지 않기를 바랐고 그것은 남편도 마찬가지였다. 둘 다 자신의 단점을 너무나 잘 알고 있기 때문이었다.

다행히 그 소원은 이루어진 것 같았다. 아이들은 내가 기대했던 것보다 훨씬 잘 다듬어져 태어났다. 오죽하면 어떤 친구가 나보고 '너희 애들은 어쩜 니네들의 단점은 하나도 안 닮고 장점만 극대화시켜 닮았니'라며 시샘 섞인 말을 했을 때도 그 말속의 뼈는 듣지도 못하고 그저 히죽거리느라고 바빴다. 혼자 올망졸망한 세 아이들을 데리고 나들이라도 할라치면 만나는 사람마다 입을 맞춘 듯 '애들

이 참 예쁘네요. 아빠를 닮았나 봐요'라고 했다. 잠낀민 곱
씹어 봐도 '넌 참 안 생겼다'는 무례하기 짝이 없는 말임에
도 그땐 그저 물색없이 좋기만 했다.

외모도 성격도 자신보다 훨씬 나은 아이들을 기르는
일이야말로 부모 된 이들의 보람과 기쁨이다. 아이들이 청
소년기일 때 어떤 지인이 내게 물었다. 엄마 생각에 아이
들이 어떠냐고. 난 서슴없이 대답했다. '셋 다 나보다 훨씬
나아요. 날 안 닮아서 얼마나 다행인지 몰라요.'

그런데 꽤 괜찮게 보이던 아이들의 체형이 서른을 넘
기면서부터 슬슬 변하기 시작했다. 세 명 모두 한결같이
배가 나오는 게 보였다. 젊은 애들이 왜 그렇게 배가 나오
느냐고 하니 아이들 말이 '누구를 닮았겠어요?'란다. 아니,
부모를 뛰어넘을 생각을 해야지 부모를 따르기만 하면 인
류가 어떻게 발전을 하겠느냐는 나의 거창한 타박에 아이
들은 심드렁하게 내뱉는다. DNA는 강하다고.

한때 몸 관리에 신경을 쓰는 것 같던 둘째는 어느 때부
터인가 자신은 암만 운동을 해도 배에 임금 왕(王) 자가 생
기는 체질은 아닌 게 확실하다며 슬그머니 운동을 게을리

하는 눈치였다. 내가 보기엔 타고난 체질보다 생활 습관, 즉 소나기밥을 먹는다거나 자주 두주불사를 한다거나 하는 요인들이 더 큰 것 같은데 본인 말로는 절대적으로 유전자의 힘이라는 거였다. 한 걸음 더 나아가 대식이나 과음 역시 부모의 유산이란다. 그러니 모든 게 부모 탓이다.

틀린 말은 아닌데, 솔직히 패씸하다.

할머니는 용감했다

"할머니, 저도 저 차 타고 싶어요."

"안 돼, 네 살짜리는 안 된대. 너무 위험하대."

경기도 양평 중미산 자락에 자리한 콘도의 잔디밭에서 많은 아이들이 미니카를 타고 쌩쌩 달리고 있었다. 호기심 덩어리인 네 살짜리 우리 둘째 손녀, 아니나 다를까 미니카를 보자마자 자기도 타고 싶다며 나를 조른다.

엄마는 서울 집에서 갓난아기를 보살피는 중이고 손녀를 데리고 온 아빠는 콘도에서 달콤한 낮잠에 취해 있다. 아빠들은 이상하지, 장소를 불문하고 틈만 나면 자려고 한다.

모처럼 할머니 할아버지, 그리고 아빠와의 1박 2일 나들이에 들뜬 손녀는 낮잠 자는 시간이 아까운지 도통 자려 하지 않았다. 나는 할아버지와 아빠나 마음 놓고 자라고 손녀의 손을 잡고 살금살금 방을 빠져나왔다. 풀꽃과 개미와 나비를 보며 즐거워하던 손녀의 눈에 미니카가 띄었으니 그냥 지나칠 리가 없었다.

　다행히도(?) 미니카 대여하는 아저씨는 손녀가 너무 어리다며 고개를 저었다. 하지만 그렇다고 간단히 포기할 손녀가 아니다. 직접 아저씨와 협상에 들어간다.

　"그럼 어른하고 같이 타면 되잖아요. 아저씨, 우리 할머니하고 같이 타면 괜찮죠?"

　아저씨는 꼬마 아가씨의 당돌한 제안에 너털웃음을 터뜨리며 애매한 눈길로 나를 바라본다. 아무리 봐도 겁쟁이 같기만 한 저 할머니가 과연 미니카를 탈 수 있을까 가늠하는 눈빛이다. 손녀의 간청을 거절하기가 미안해서였는지 아니면 한 푼이라도 더 벌 수 있는 기회를 놓치지 않고 싶어서였는지 아저씨는 이내 마음을 굳힌 것 같았다.

　"그러엄, 할머니하고 같이 타면 괜찮지. 그렇지만 할머니가 타실 수 있을까? 저, 할머니. 어떻게, 타실 수 있겠어요?"

순간, 오기가 발동한 나는 생각할 틈도 없이 냉큼 '그럼요, 내가 같이 탈게요'라고 말해 버렸다. 하지만 아저씨가 미니카 작동법을 설명하는 동안 내 심장은 이미 쾅쾅 뛰고 있었다. 아이코, 이 노릇을 어쩌지?

나는 유난히 기계 앞에만 서면 작아진다. 한마디로 타고난 기계치(痴)다. 삼십여 년 전 비교적 남보다 빨리 운전면허증을 따 놓고도 한 번도 차를 몰아 보지 않은 것도 무슨 대단한 철학이 있어서가 아니었다. 순전히 겁이 많아서다. 평소 택시를 잘 타지 않는 것도 돈을 아껴서라기보다 운전사들의 곡예 운전이 무서워서다. 아이들과 놀이공원에 가서도 기껏해야 회전목마 타는 것이 전부다.

미니카도 카(자동차)가 아닌가. 게다가 저렇게 쌩쌩 달리는 아이들이 많은데 혹시 부딪치기라도 하면 어떡하지. 속 타는 할머니의 심정은 아랑곳하지 않고 손녀는 마냥 신이 나 어쩔 줄을 모른다.

비장한 마음으로 손녀를 앞에 앉히고 미니카에 올라탄

나는 깊게 심호흡을 한 다음 기어를 '천천히'에 놓고 조심조심 운전(이라고 해 봤자 저절로 굴러가게 돼 있고 핸들만 조작하면 된다)을 시작했다. 차는 상상했던 것보다 훨씬 쉽게 굴러갔다. '아, 내가 드디어 차를 모는구나!'라는 감격에 젖을 새도 없이 손녀가 외친다. "할머니, 더 빨리, 더 빨리 가요!"

넋이 반쯤 나간 할머니와 계속 '더 빨리!'를 외치는 손녀와 낡아 빠진 미니카는 어느덧 삼위일체가 되어 넓은 잔디밭을 종횡무진 누비고 다녔다. 예정된 삼십 분을 꼬박 채우고서 손녀는 승리의 전사라도 된 양 의기양양하게 방으로 돌아와 할아버지와 아빠에게 무용담을 펼쳤다. 할아버지는 용감한 손녀딸 덕분에 겁쟁이 할머니의 삼십 년 장롱면허가 드디어 빛을 발했다면서 놀려 댔다.

그렇다. 손주들 덕분에 나는 용감해졌다. 지난겨울에는 눈썰매장에 가서 생전 처음 썰매를 타기도 했고, 여름엔 비록 어린이 수영장이긴 했지만 미끄럼틀까지 탔으니 내가 생각해도 대단한 용기다. 물론 바쁜 아빠들을 떼어 놓고 아이들과 엄마들만 데리고 놀러 간 덕분이었다. 엄마 혼자 두 아이를 건사할 수 없었기 때문에 할아버지와 할머니가 한 아이씩은 책임져야 했으니까.

눈썰매장은 밑에서 봤을 때보다 어찌나 높고 수영장 미끄럼틀은 생각보다 어찌나 길던지. 할아버지는 아무렇지도 않은 표정이었지만 겁 많은 나는 그야말로 '죽기 살기'로 미션을 완수했다. 눈썰매가 그렇게 빨리 달리고 미끄럼틀이 그렇게 미끄러운 줄 알았다면 아예 꽁무니를 뺐을 게다.

우리 아이들이 어렸을 땐 어땠었지 돌이켜 보니 무조건 혼자 타라고 시키기만 했지 한 번도 같이 타 본 적이 없었던 것 같다. 에구, 불쌍한 내 새끼들. 얼마나 무서웠을까. 손주들을 볼 때마다 아득한 옛날의 내 엄마 노릇이 부끄럽고 미안해진다. 아, 할머니가 되어 본 다음에 엄마 노릇을 했으면 정말 멋지게 할 수 있었을 텐데.

생활의 기초

승강기 버튼을 누르는 순간 아차! 싶었다. 전기밥솥을 누르지 않고 나왔다는 사실이 생각났다. 현관문을 빼꼼히 열고 아파트가 떠나갈 정도로 소리 질렀다.

"여보! 밥솥에 쌀 안쳐 놨으니까 누르기만 하면 돼. 카레는 해 놨어."

"알았어!"

경쾌한 목소리가 냉큼 답을 보냈다. 역시 신혼 때부터 대답 하나는 시원시원하거든.

예순다섯을 넘어서부턴 남편의 점심에 대해서 아무 대

책도 안 세우고 외출해도 마음이 별로 불편하지 않은 단계로 들어섰다. 어떤 남편들은 아내가 점심을 준비해 놓지 않고 나가면 화를 내거나 굶는 시위를 한다는데 내 남편은 안 그렇다. 동네에 널려 있는 음식점을 골라 가며 푸짐한 식사를 즐긴다.

그래도 몇 십 년을 식구들 밥 먹이는 일에 바쳐 왔던 주부의 본성 탓에 그런 날이 며칠 연속되면 공연히 죄책감이 들곤 한다. 그래서 그날은 반찬을 몇 가지 준비하고 전기밥솥에 밥을 안치고 나왔던 것이다. 간만에 남편의 점심 식사를 완벽하게 책임지고 외출한다는 뿌듯함에 발걸음이 가벼웠다.

때는 4월. 아파트 화단의 목련도 만개했다. 한데 이게 웬일, 칼바람이 얇은 코트 속으로 파고든다. 나이 드니 더위도 싫지만 추위는 더 싫다. 귀찮지만 조끼를 찾아 입어야겠다는 생각이 들었다. 봄 같지 않은 봄을 욕하며 나는 발길을 다시 집으로 돌렸다. 니트 조끼를 찾아 걸치고 서둘러 다시 신발을 꿰는데 컴퓨터 모니터에 코를 박고 있던 남편이 따라 나온다. 어이구, 나이를 먹더니 마누라 귀한 줄 알아서 배웅을 다 나오네! 나름 감동을 먹으려고 하는데 남편이 마치 유치원생처럼 자랑한다.

"뚜껑 닫고 돌려 놨어."

"뭘 돌려 놔?"

"에이, 그걸 돌려 놔야 압력이 된다며."

"잘했네."

그런데 이 미심쩍은 기분은 뭐지?

"누르진 않고?"

"뭘 눌러?"

"취사 버튼 안 눌렀어?"

"취사 버튼? 그런 거 없던데….'"

앓느니 죽겠다. 신발을 벗어 던지고 부엌으로 달려갔다. 짐작대로다.

"여기 취사라고 쓰여 있는 거 안 보여? 아니, 중국에서 2년이나 혼자 살면서 밥솥 한 번 안 눌러 봤단 말이야?"

"중국에선 눌러 봤지. 그렇지만 중국 밥솥은 한국 거하고 다르단 말이야."

"아이고, 이 무식한 분아! 중국이든 한국이든 밥솥은

취사 버튼을 눌러야 취사가 되지, 그냥 뚜껑만 닫아 놓는다고 쌀이 밥으로 변합니까요."

"이 밥솥은 좋은 거라 뚜껑만 닫아도 저절로 밥이 되는 줄 알았지. 하마터면 굶을 뻔했네, 허허."

웃지나 않으면 밉지나 않지. 해맑게 웃는 이 늙은 아담을 어찌할꼬.

늙은 아담들이 문제다. 몰라도 너무 모른다. 우리 시대만 해도 남자들이 젊었을 땐 일하고 돈 버느라고 다른 건 몰라도 다 용서가 됐다. 돈 버는 일 이외에 살아가는 데 필요한 백만 여덟 가지 일들은 여자들이 기꺼이 떠맡아 주었다.

그러나 시대가 변했다. 가족도 변했다. 게다가 자꾸만 수명이 늘어난다. 늙은 아담과 늙은 이브가 단 둘이 사는 시간도 자꾸만 길어져 간다. 자식들은 자꾸만 멀어져 간다. 젊었을 때는 웬만하면 호르몬의 힘으로 알콩달콩 살 수 있었지만 이제부턴 정말 '사랑'이, 다른 말로 '친밀감'이 있어야만 오순도순 살 수 있다.

그런데 남자들은 그저 제자리다. '뭘 모르는' 남자들은 그저 억울하다며 목청을 높인다. 돈 벌어 줄 때는 하늘처럼 떠받들더니 돈 못 버니까 찬밥 취급한다고, 이게 모두 못된 여자들 탓이라고…. 남자들이 가장 듣기 싫어하는 유머가 '삼식이 시리즈'란다. 그깟 밥 세 끼 차려 주는 게 무에 그리 힘들다고 남자들을 비참하게 만드느냐는 거다. 게다가 더 화가 나는 선 자식들과의 차별 대우란다. 자식들이 오면 어디서 힘이 나는지 상다리가 휘어지게 차려 낸다면서.

정말 뭘 모른다. 자식들에겐 왜 그리 잘해 주느냐고? 그야 자식은 나하고 피가 섞인 관계지만 남편과는 피 한 방울 안 섞인 사이니까 그렇지. 그리고 남편 밥해 주기가 왜 그리 귀찮냐고 묻지 마시라. 남자가 일에서 은퇴할 나이면 여자도 역시 살림에서 은퇴하고픈 나이다. 한마디로 여자도 밥해 먹는 일이 힘들다.

'남편이 하늘'이던 시절도 있었다. 하지만 지금 하늘과 살고 싶은 여자들은 어디에도 없다(어쩌면 아직도 어딘가 있을지도 모르지만). 여자들이 원하는 건 친구 같은 남편이다. 늙어 가는 아내에게 계속 '여자의 도리'를 요구하는 남편은 노 땡큐다.

그런데 우리 또래 아담들은 할 줄 아는 게 정말 없다.

밥도 빨래도 손주 보기도 못한다. 세탁기는 폭발할까 봐 돌리지 못하고 말귀를 못 알아듣는 손주는 도무지 이해 불가능한 존재다.

"책 찢으면 안 돼, 알았지?"라고 할아버지가 엄하게 경고했는데도 손녀는 방글방글 웃으며 또 찢는다. 아들이 셋이나 되지만 한 번도 아이를 키워 본 경험이 없는 우리 집 늙은 아담은 화가 난다. "찢지 말라고 했는데 왜 또 찢어? 너 애가 왜 그렇게 말귀를 못 알아듣니?" 할아버지의 목청에 놀란 두 살짜리 손녀는 와~ 하고 울음을 터뜨린다.

하긴, 세계적인 사회학자 울리히 벡도 이렇게 선언했다. "늙은 아담은 아무 쓸모가 없다"고. 울리히 벡은 남자다.

그러나 여자에겐 의리라는 것이 있다. 쓸모없다고 내칠 순 없다. 쓸모를 만들어야지.

그래서 난 오늘도 늙은 아담에게 '생활의 기초'를 가르쳐 준다. 유치원 선생님처럼, 아주 상냥하게.

"여보세요, 너무 무리한 주문일랑 하지 마세요. 이 아기는 아직 두 돌도 안 됐답니다."

할머니는
피닉스

"할머니, 옛날얘기 해 주세요!"

얼마 전까지 손주들은 내 얼굴만 봤다 하면 이렇게 졸라 댔다.

"할머니 이젠 이야기보따리 바닥났어. 할아버지한테 해 주세요 해 봐."

"할아버진 아무것도 모르세요. 할머니가 해 주셔야 해요."

왜 아이들은 할아버지한텐 한번 청해 보지도 않고 지들 맘대로 할아버지를 제외시켜 버리는지 참 이상하다. 물론 불똥이 날아올세라 할아버지도 먼저 자기 방으로 쏙 들어가 버리곤 하지만 말이다.

아이들의 간절한 눈빛에 난 또 낡고 낡은 레퍼토리를 읊어 댄다. '옛날 옛적 호랑이 담배 피던 시절에~'로 시작되는 「해님 달님」에서부터 「임금님 귀는 당나귀 귀」라든가 「혹부리 영감」 「흥부 놀부」 등 우리 전래 동화는 물론이요 「백설공주」 「신데렐라」 「인어공주」에서 「피리 부는 소년」까지 동서양을 섭렵하지만 기껏해야 스무 편 안팎이다.

나는 손짓 발짓에 눈알을 부라리고 울었다가 웃었다가 호통치느라고 어느새 기진맥진, 그러나 이 어린 관객들은 만족을 모른다. 할머니 또 해 주세요, 또 해 주세요, 또또.

유감스럽게도 단골 레퍼토리를 다 틀고 나면 내 머릿속에선 더 이상 이야깃거리가 떠오르지 않는다. 생각해 보면 내 아이들 키울 때에 비해 한 편도 늘어나지 않았다. 아이 다 키우고도 삼십 년을 더 살았는데 그동안 새로운 이야기를 하나도 늘리지 못했다니, 이럴 수가. 기억력은 물론이요 상상력도 이렇게 메말랐는데 앞으로 글을 쓰면서 노년을 보내겠다고? 공연히 울적해지기까지 한다.

내 속을 알 리 없는 어린 관객들은 여전히 할머니 입만 빼꼼히 쳐다본다. 그 순간 큰 녀석들이 갖고 놀던 변신 로봇이 눈에 들어온다. 옳거니, 요거다.

"서진아, 그 로봇 이름이 뭐지?"

"이건 피닉스예요."

"피닉스? 피닉스가 무슨 뜻인 줄 알아?"

"몰라요."

"피닉스는 불사조, 즉 죽지 않는 새라는 뜻이야."

"죽지 않는 새가 어디 있어요? 새는 다 죽잖아요."

"안 죽는 새도 있단다. 그게 바로 피닉스야."

"할머니가 그걸 어떻게 아세요?"

"응, 할머니도 피닉스였거든."

아이들 눈이 똥그래진다.

"에이, 할머니가 무슨 피닉스예요. 거짓말."

"할머닌 거짓말 같은 거 몰라. 할머닌 원래 피닉스였는데 니들 땜에 할머니로 변신한 거야."

나는 상상력을 총동원해서 내가 원래 자유롭게 하늘을 날아다니던 피닉스였는데 예쁜 손주들이 보고 싶어서 할머니로 변신해서 지상으로 내려와 살고 있다는 이야기를 아주 그럴듯하게 풀어 놓았다. 아이들은 귀를 쫑긋하며 듣더니 반신반의하는 눈빛으로 다시 한 번 묻는다.

"정말요? 그럼 피닉스로 다시 변신할 수 있어요?"

"그럼. 그런데 얘들아, 할머니가 다시 피닉스로 변신해서 날아가 버리면 이번엔 다신 할머니로 돌아오지 못한단다. 여태까지 할머니하고 많이 살았으니까 그래도 괜찮겠지? 그럼 어디 한 번 변신해 볼까?"

순간 합창이 터져 나온다.

"안 돼요, 할머니! 절대로 피닉스로 변신하면 안 돼요, 절대로. 그냥 우리들하고 할머니로 살아요."

할머니 노릇, 만만치 않은 일이지만 참으로 재미가 깨소금이다.

칠순
파티

    일흔 번째 생일이 가까워 오자 아이들은 꽤나 신경이 쓰이는 눈치였다. 새해 초부터 틈만 나면 어머니 칠순 잔치 어떻게 해 드리면 좋겠냐고 툭툭 던지듯이 묻곤 했다. 그때마다 나는 손사래를 치며 요즘 세상에 칠순이 별 거냐, 매년 오는 생일의 하나일 뿐인데 하며 사뭇 쿨한 척했더랬다. 정 효도하고 싶으면 십 년 후 팔순 때나 거하게 차려 달라는 말을 덧붙이면서.

    하지만 자식에게는 또 자식의 입장이 있는 것도 사실이다. 그리고 세상이 변하긴 했지만 여전히 칠순 잔치를 거하게 치르는 사람들도 종종 있다. 인터넷의 며느리 모임에선 시부모의 칠순이 아니라 환갑 때문에 골머리를 썩이는 하소연이 넘쳐 난다. 그러니 아이들도 내 말을 액면 그대로 받아들이기 찜찜하리라는 것도 이해가 된다.

언젠가 가족 모임에선 아버지 칠순 때는 온 가족이 제주도에 갔으니까 이번에도 가족 여행을 하면 어떠냐는 제안도 나왔다. 나는 '그래, 그럼 이번에는 해외여행을 해 볼까? 발리가 좋을까 태국이 좋을까 아니, 코타키나발루가 괜찮을 것 같은데'라고 설레발을 쳤지만 정작 얘기는 거기까지였다.

실은 대학에서 일하는 큰아들이 그해 여름 첫 연구년을 받아 어떻게 할지 궁리 중이었기 때문이다. 요즘은 각자 살기 바쁜 때라 함께 국내 여행 날짜 잡기도 점점 어려워지는데 형제 중에 한 가족이 외국에라도 나가게 되면 일이 훨씬 복잡해질 게 뻔했다. 결국 큰아들네는 미국행을 결정했고 자연스레 가족 여행 건은 흐지부지돼 버렸다.

게다가 칠순이 된 그해는 내 전 인생에서도 유난히 바쁜 한 해였다. 두고 보자, 내 인생을 이렇게 끝낼 순 없어,

칠순에는 뭔가를 보여 줄 거야 하고 절치부심한 것도 아닌데 어쩌다 보니 한 해에 책을 두 권씩이나 펴내게 되었다. 자연히 각종 신문 잡지 방송에 인터뷰가 많이 잡혔고 강연 초청도 전국적으로 확 늘어났다. 늘그막에 유명세를 탈 팔자였나.

그야말로 오늘은 부산, 내일은 광주를 찍으면서 장돌뱅이처럼 돌아다니는 사이 한 해가 저물어 가고 있었다. 거의 매주 주말마다 우리 집에 모이는 아이들도 더 이상 칠순 이야긴 꺼내지도 않았다. 겪기도 전에 시들해졌다고 할까. 그냥 그날 맛있는 외식이나 하는 걸로 암묵적인 합의를 본 셈이다.

가족 모임도 당일은 어렵게 됐다. 둘째는 당시 전국투어콘서트 중이었는데 그날도 부산에서 공연이 잡혀 있었다. 공교롭게 나도 그 전날과 전전날 이틀에 걸쳐 해운대에서 강연을 할 예정이었다. 칠순 생일은 온 가족이 뿔뿔이 흩어져 보낼 수밖에 없었다. 그럼 어때, 칠순이 뭐라고.

그런데, 사람 마음이란 거, 그거 참 간사하다. 생일날 가족이 함께할 수 없다는 걸 확인한 순간 내 마음을 쓰윽

스치고 지나가는 바람 같은 게 있었다. 그건 진한 아쉬움이었다. 이어 떠오르는 섬광 같은 아이디어. 외국에 있으면 또 몰라도 이 좁은 땅에서 왜 못 모이지? 그냥 해운대에서 만나면 되잖아. 남은 식구들이 기차 타고 오면 되잖아.

그렇게 해서 내 생일 전날 둘째 며느리와 손녀 둘, 셋째 부부와 아들딸 손주, 합이 일곱 식구가 해운대에서 감격 어린 상봉을 하게 된 것이다. 우리 부부까지 합쳐 아홉 식구가 비좁은 콘도에서 마치 피난민처럼 와자지껄 복닥거리며 잊을 수 없는 이틀을 보내게 되었다.

드디어 한국에 있는 식구들이 모두 함께한 칠순 점심 모임. 원래 콘도 옆 중국 식당에서 소박하게 먹으려던 내 계획을 가차 없이 무산시키고 둘째는 유명 호텔의 일식집을 예약했다. 수입이 괜찮은 줄은 알고 있지만 난 아들이 내 일에 돈을 쓰는 데 대해선 거의 본능적으로 마음이 걸리는 사람이다. 친구들은 돈 잘 버는 아들이니 뭐 해 준다고 할 때 절대 사양하지 말아라, 자꾸 사양하면 나중엔 아무것도 안 해 준다며 진심 어린 충고를 해 주는데 난 내가 벌어먹을 수 있는 한 아들 돈은 쓰고 싶지 않은 게 솔직한 심정이다. 거기다 천성이 궁상이라 호텔은 말만 들어도 몸이 움츠러든다.

하지만 오늘은 특별한 날이니 딴죽 걸지 말고 그냥 고맙게만 받자며 스스로를 설득시키느라 나름 애쓴 덕분인지 입구에서부터 호텔의 분위기가 마음에 쏙 들었다. 그렇게 두 아들과 며느리, 손자 손녀들과 함께 웃고 떠들며 기막히게 맛있는 음식을 먹었다. 그런데 별일이었다. 이제까지 칠순이 별건가 하며 쿨한 척했던 마음이 온데간데없이 사라지고 칠순의 의미가 점점 무겁게 다가오는 게 뚜렷이 느껴졌다.

의미라고 했자 뭐 고상한 건 아니었다. 그건 '지금까지 용케도 살아남았구나'라는 생존에 대한 안도감과 고마움이었다. 그간 살아오면서 문득문득 삶에 대한 회의 때문에 마음이 착잡할 때가 더러 있었다. 특히 내가 과연 최선을 다해 살아왔는가에 대해 그렇다고 말할 수 없을 때마다 자괴감에 빠지곤 했다. 한 번뿐인 인생인데 너무 어영부영 대충대충 살았다는 자책감과 또다시 산다 해도 그럴 수밖에 없으리라는 열패감이 스스로를 괴롭히고 나아가선 가장 가까운 사람을 괴롭게 만들었다.

그러나 오늘은 생각이 달랐다. 어영부영이건 대충대충이건 이 험한 세상에서 지금까지 살아남은 것만 해도 얼마나 대견한가. 내 주위 가까운 사람들 중에 칠순을 맞지 못하고 세상을 떠나거나 이토록 행복한 분위기에서 칠순 생일을 맞지 못한 이들이 얼마나 많은가.

백 세 시대, 백 세 시대 하니까 칠십이 별거 아닌 듯 들리지만 주위를 헤아려 보면 그게 아니지 않은가. 우선 친정 쪽만 해도 큰올케, 오빠, 남동생이 칠순 훨씬 전에 세상을 떴고, 시집 쪽으로 둘째 아주버니와 큰동서가 그랬다. 나와 동갑인 막내 시누는 불치의 질환으로 요양원에서 칠순 모임을 가져야 해서 가족과 친지들이 얼마나 가슴 아파했는가. 가까운 친구와 지인 중에도 일찍 세상을 뜬 이들이 여럿이다.

그에 비하면 온갖 성인병의 보고이긴 하지만 멀쩡히 살아남아서 칠순을 맞은 나야말로 그 자체로 행운이고 기적이 아닌가. 나는 문득 평생 답을 얻지 못했던 살아간다는 것의 의미를 깨달은 듯한 느낌이었다. 드디어!

나의
버킷리스트

"선생님은 꿈이 뭐예요?"

어느 날 강연이 끝난 후 가진 질의응답 시간에서 한 젊은 엄마가 이렇게 물었다. 아이들한테 당신의 꿈을 투사하지 말고 당신 자신의 꿈을 꾸라는 내 강연에 그 엄마는 자기 꿈이 뭔지 한 번도 생각해 본 적이 없다고 했다. 그러면서 내게도 아직 꿈이 있는지 알고 싶다고 했다. 앞으로 십년 동안 하고 싶은 일이 있으면 구체적으로 알려 달라고 했다.

나는 순간적으로 움찔했다. 그러지 않아도 요즘 들어

부쩍 먹고 싶은 것이 없어지면서 하고 싶은 것도 없어지는 걸 절실히 느끼고 있었던 터였다. 꿈은커녕 그저 이대로 현상 유지만 하면 더 바랄 게 없을 것 같은 심정이었다.

하마터면 "아유, 이 나이에 뭐가 그렇게 하고 싶은 게 있겠어요."라고 말할 뻔했다. 하지만 두 시간 내내 '시작하기에 늦은 나이는 없다'고 떠들어 대 놓곤 정작 본인은 나이 뒤에 숨으면 듣는 사람들이 얼마나 속은 기분일까. 인생 선배로서의 책임감이 나를 채찍질했다.

난 여든 살까지 하고 싶은 일들을 빛의 속도로 떠올렸다. 그렇게 일흔 살의 버킷리스트가 태어났다.

일흔 살의 버킷리스트

1. 마음에 드는 도시에서 한 달씩 살아 보기

앞으로는 오늘은 여기, 내일은 저기를 찍는 여행은 더 이상 하고 싶지 않다. 새벽에 일어나 가방을 꾸리고 하루 종일 쫓기듯 이름난 명소들을 섭렵하다가 밤 늦게 또 다른 호텔로 들어가 잠자고 나오는 일정이 아니라 한 호텔에서 적어도 일주일 이상 머물면서 부근을 찬찬히 돌아보는 그런 여유로운 여행을 하고 싶다.

한때는 한 도시에서 육 개월은 살면서 동네 시장도 다니고 이웃 사람들도 사귀고 싶다는 생각도 했지만 지금은 한 도시에서 한 달이라도 괜찮을 것 같다. 지금까지 슬쩍 지나친 도시 중에서 다시 가고 싶은 곳은 프라하, 바르셀로나, 도쿄 세 도시다.

2. 연극 무대에 서기

대학 시절 동아리 활동으로 했던 연극에 대한 짝사랑은 오랜 세월이 흘렀어도 나를 달뜨게 만든다. 공연이 끝난 후 무대 위에 올라 텅 빈 객석을 내려다볼 때의 그 느낌, 허무하면서도 벅차오르던 그 느낌을 잊을 수 없다.

지나가는 행인으로라도 여든 전에 꼭 무대에 서고 싶다. 드라마 연출을 하는 막내에게 엑스트라라도 한 번 출연시켜 달라고 부탁해도 피식하고 웃을 뿐 도무지 내 진심을 몰라준다. 그나마 강연을 할 때마다 내가 모노드라마의 주인공이 된 듯한 기분이 드니 다행이다.

3. 캐리커처 배우기

처음 책을 냈을 때부터 다음 책엔 내가 그린 그림을 함께 실어야지 하고 별렀었다. 곳곳에 그림을 배울 수 있는 기관이나 학원이 널려 있는데 한 번도 못 간 것은 순전히 게으름 때문이다. 나 못지않게 게으른 남편도 배우는 것엔 부지런한데 왜 이런 건 안 닮는지 몰라.

4. 손주들이 읽을 동화책 쓰기

아이들이 더 크기 전에 꼭 쓰고 싶다. 나중에라도 가끔은 할머니가 생각나겠지.

5. 제주도 올레 일주

처음엔 산티아고 순례길을 걷고 싶었다. 하지만 마음에 맞는 동행을 찾을 수 없어서 포기했다. 지금은 목표치를 낮추어 국내의 둘레길들을 순례하고 싶다. 우선 전에 양념으로 맛보았던 제주도 올레길을 일주하고 싶다. 아침부터 저녁까지 걷고 또 걸을 거야.

6. 뱃살 빼기

안 되면 말고. 그래도 시늉은 해 봐야지.

7. 기타 배우기

삼십 년 동안 꿈만 꾼 것.

8. 다큐멘터리 찍기

십 년 전에 어떤 기자와 인터뷰하면서 '일흔 살에는 어떤 일을 하고 계실 건가요?'라는 질문을 받고 자신 있게 '다큐멘터리 감독이요'라고 큰소리 빵빵 쳤는데, 이번에도?

9. 콘도처럼 간단하게 살기

이루어질 수 없는 꿈일까. 한밤중에 우렁 각시가 나와서 다 내다 버려 주었으면.

10. 기부금 조금씩 늘려 가기

가장 쉬운 일, 당장 실천해야지.

2장

:

우리는
여전히 젊다

나의
독일어 선생님

"지금 몇 살들이나 됐지?"

"저희들도 이제 나이 많이 들었어요. 올해 꼭 일흔이에
요."

"아유, 아직도 한창나이네. 젊으니까 얼마나 좋아."

선생님은 예의 그 함박 미소를 띠시며 제자들을 격려
했다. 올해로 여든여섯인 선생님은 작년에 다리가 골절되
는 바람에 아직 걸음이 완전치 않으신 걸 빼면 우리가 처
음 뵀던 그때의 모습을 그대로 간직하고 계셨다. 외모만이
아니라 우리를 매료시켰던 아우라도.

오십여 년 전 고등학교 2학년이 되자 학교에서는 영어 이외에 제2외국어 중에서 하나를 선택하라고 했다. 선택이라고 해 봤자 딱 두 가지, 불어와 독어였다. 당시 대부분의 남학교에선 무조건 독어만 가르쳤다는데 여학생들에겐 불어가 취향에 맞는나는 통념이 강한 때라 그나마 양자택일의 기회를 준 모양이었다.

정말이지, 내 인생은 그저 내 선택의 결과물일 뿐이다. 만약 내가 그때 독어가 아니라 불어를 택했다면 내 인생은 지금 어떤 모습일까. 잠시 쓰잘데없는 생각이 떠오른다. 독어를 선택한 이유는 단지 나는 불어를 택할 만큼 여성적인 여자가 아니라는, 즉 나는 다른 여자애들과는 다른 종류라는 일종의 교만심 때문이었다는 게 솔직한 고백이다. 프랑스라는, 우아한 무드를 풍기는 나라 이름에서 연상되는 화려한 패션 따위에는 관심이 없고 이름만 들어도 딱딱하고 고독한 느낌이 팍팍 다가오는 독일이라는 나라의 심오한 철학이 나는 더 좋아, 라는 과시였다. 이해가 부족하니 편견이 압도할 수밖에.

불어는 여자 선생님이 독어는 남자 선생님이 가르칠

거라는 선입견 때문에 독일어 첫 시간에 여자 선생님이 교실 문을 열고 나타났을 때 난 크게 실망했다. 에이, 이럴 줄 알았으면 불어를 선택할 걸 그랬잖아. 슬그머니 후회스러웠다. 그도 그럴 것이 당시는 여성해방이니 양성평등은커녕 성차별이라는 단어조차 보편화되지 않았던 가부장제 전성시대였잖은가. 지금 돌이켜 보면 그때 여고생들은 오히려 그 부모 세대보다 더 완벽한 남성 우월주의 신봉자였던 것 같다. 반백 년도 더 전의 일을 떠올리면 지금도 입이 쓸 때가 얼마나 많은지.

내면화된 여성비하의식과 사춘기의 성적 호기심 때문에 우리들은 남자 선생님들에겐 무조건 높은 점수를 주었다. 더구나 남자 선생님이 총각이라는 사실이라도 확인되면 호감은 대폭 증강되어 구애 수준으로까지 치달았다. 미혼의 여선생님은 까칠하다고 트집 잡고 기혼의 여선생님은 구질구질하다고 깎아내렸다. 결혼한 여선생님의 배가 불러 오면 왜 저런 흉한 몸으로 교단에 서냐며 뒷말을 해 댔다. 심지어는 임신하면 가르치는 데 소홀해서 학생들만 손해라는 피해 의식까지 노골적으로 드러냈다. 같은 여성으로서 얼마나 힘들까 하는 최소한의 연민, 우리가 있으니까 힘내세요, 라는 든든한 연대 의식은 아예 존재하지 않던 시대였다. 여성이 여성의 적이었던 부끄럽고 슬픈 우리들의 여고 시절.

독일어 선생님은 푸근한 미소와 정감 있는 목소리로 여고생들을 한순간에 사로잡았다. '데어, 데스, 뎀, 덴'을 되풀이 가르치던 선생님의 허스키한 목소리가 지금도 귀에 생생하게 남아 있다. 독일어라곤 난생처음 듣는 나는 저런 목소리야말로 바로 독일어를 하기에 최적화된 목소리구나, 라는 확신이 들었다. 평소 예습 복습이라곤 해 본 적 없이 대충대충 수업 시간을 때웠던 나는 독일어에만은 공부벌레처럼 달라붙었다. 무슨 연유인지 집안에 일본 사람이 쓴 독일어 참고서가 굴러다녔는데 나는 그 책이 무슨 연애 소설이라도 되는 양 빠져들었다. 독학으로 선행 학습을 한 셈이었다. 당연히 독어 점수는 항상 거의 만점이었다.

선생님과 독일어를 좋아하는 아이들은 나만이 아니었다. 많은 아이들이 요즘으로 말하면 선생님의 마니아였다. 선생님이 교실 문을 드르륵 하고 열면 모두들 환호를 질렀다. 중고등학교를 다닌 육 년 동안 이런 일은 처음이었다. 독일어 시간은 정말 재미있었다. 독일어에서 연상되는 딱딱함과 지루함은 느낄 틈도 없었다. 교과서에 괴테의 시가 나오면 선생님은 읽기에 앞서 먼저 독일어로 노래를 불러 주었다. 〈그대는 아는가, 저 남쪽 나라를〉의 독일어 가사가 지금도 입가에 맴도는 건 그 덕분이다.

독일어 수업이 없는 날에도 쉬는 시간이 되면 우리들은 삼삼오오 떼를 지어 교무실로 가 선생님을 불러내곤 했다. 무슨 얘기를 나눴는지 하나도 기억나지 않지만 우린 그저 선생님으로부터 한마디라도 더 듣기 위해 귀를 쫑긋 세웠다. 그런 팀이 하나둘이 아니었으니 굉장히 귀찮았을 텐데도 선생님은 늘 환한 웃음으로 우리를 맞았다. 완벽하게만 보이는 선생님이 실은 이혼 후 혼자 딸 둘을 키우신다는 개인사를 소문으로 들었을 때도 우리의 선생님바라기에는 변함이 없었다. 오히려 그런 개인사가 선생님의 인격을 더욱 깊고 넓게 다져 주었구나, 라고 고개를 끄덕였다. 행복한 여고 시절이었다.

이별은 생각보다 빨리 찾아왔다. 우리는 당연히 선생님

이 우리 졸업 때까지 계실 줄 알았는데 3학년이 되던 해 여름에 선생님은 독일로 공부하러 가신다고 학교를 떠나셨다. 열애 중인 애인이 갑자기 이별 통보를 하더라도 그렇게 놀라고 슬프진 않았을 거다. 나를 포함한 선생님의 광팬들은 담임선생님의 눈치에도 아랑곳없이 수업을 빼먹고 공항에 나가기로 했다. 그때의 공항이 여의도였는지 김포였는지 잘 기억나지 않는데 아무튼 꽤 먼 길을 툴툴거리는 조그만 버스를 타고 갔다. 그리고 멀리서 선생님께 미친 듯이 손을 흔들었다.

선생님을 다시 만난 건 내가 육아와 살림으로부터 겨우 한숨 돌리고 있던 주부 시절이었다. 가장 가까운 친구가 독문학을 계속 공부하고 가르치던 덕에 선생님의 소식은 간간이 들어서 알고 있었다. 이미 독일에서 돌아와 대학에 자리를 잡으셨다고 했다. 친구한테 선생님 소식을 들을 때마다 만나 뵙고 싶은 마음이 불뚝불뚝 솟았지만 선뜻 나서지는 못했다. 많은 친구들이 독문학 주변에서 살아온 반면 나는 완전히 동떨어진 세계에서 놀았다는 자격지심 때문이었다. 심지어는 선생님이 나를 알까 하는 의구심이

내 발목을 잡았다.

　그러던 중 친구가 선생님이 우리가 살던 동네에서 비교적 가까운 동네로 이사를 오셨다며 함께 방문하자고 권했다. 나는 못 이기는 척 따라나섰다. 나를 몰라보시면 어떡하지 가슴이 쿵쾅거렸다. 한 번 선생님은 영원한 선생님이었다. 선생님은 이십 년 전의 여고생 제자를 단번에 알아보시고 그 환한 미소로 반기셨다. 나는 살림에 지친 아줌마에서 풋풋한 여고생 시절로 순간 이동한 기분이었다.

　그로부터 삼십여 년이 지나는 동안 아주 가끔 선생님을 찾아뵀다. 지금 선생님은 은퇴를 하시고 대전으로 내려가 사시다가 몇 년 전부터 충북 영동으로 옮기셨다. 그동안 생의 많은 굴곡을 겪으셔야 했지만 선생님의 미소와 목소리는 변함없었다.

　오늘은 제자 세 명이 선생님을 찾았다. 두 친구는 서울에서 무궁화호를 타고 김천에서 내렸고 며칠 전에 무주에 내려와 있던 나는 남편과 함께 영동에 들러 선생님을 모시고 김천에서 모였다. 시골도시의 외곽이라곤 상상할 수 없이 아기자기하게 꾸민 음식점에서 우린 이국의 음식을 먹으며 온갖 수다를 떨었다.

　선생님은 이렇게 찾아 주는 제자가 있어 너무 행복하다고 거듭거듭 고맙다는 인사를 되풀이하셨다. 너무 행복해서 아픈 것도 다 잊어버렸다고. 선생님, 무슨 그런 말씀을. 저야말로 이 나이에 아직도 찾아뵙고 싶은 선생님이 계셔서 얼마나 든든하고 행복한지요. 선생님이 계시니까 이렇게 '한창나이'라는 소리도 들어 보잖아요.

　열아홉 살로 돌아가게 해 주셔서 정말 고맙습니다.

친구가
떠났다

"어머니께서 오늘 새벽에 떠나셨습니다."

늦은 아침 휴대폰을 켜니 친구 전화번호로 발신된 문자메시지에 이런 소식이 적혀 있다. 순간 머리가 멍했다. 이 친구가 떠났다고? 죽었다고? 아니, 이 친구가 왜 죽어? 큰 병에 걸렸다는 소식도 듣지 못했는데 왜 갑자기 죽어? 혹시 교통사고?

차마 통화로 확인하기에는 너무 겁이 나 문자를 보냈다.

"이게, 무슨 소리야? 왜?"

금방 답신이 왔는데도 몇 시간을 기다린 것처럼 목이

타들어 갔다.

"아줌마. 저 아무개예요. 몇 달 전부터 몸이 좀 안 좋으셔서 병원에 들락날락하셨는데 새벽에 갑자기 돌아가셨어요."

장례 준비에 경황이 없을 딸에게 길게 말을 시킬 수 없어 난 아침을 먹는 둥 마는 둥 빈소가 차려진 신촌의 대학병원으로 향했다. 얼떨떨해하던 남편도 병원에 데려다주겠다며 자동차 키를 찾아 들었다.

나와 친구는 고등학교 동창이었다. 그리 친한 사이가 아니었기에 졸업 후엔 소식을 모르고 지냈는데 셋째를 낳은 후 이사 간 동네에서 우연히 그 친구를 만나게 되었다. 나중에 친구가 내가 살던 아파트 같은 동으로 이사를 와서 아주 가까워졌고 몇 년 후에는 아예 함께 다른 동네 아파트로 옮겼는데 이번에도 같은 동에서 살게 되었으니 인연도 그런 인연이 없었다.

아이들도 나이가 같아 찰떡처럼 붙어 다녔다. 밥도 이집과 저 집을 오가며 함께 먹을 때가 많았다. 또 친구 남편이 워낙 가정적인 데다 친화력이 뛰어난 사람이었기에 내 남편과도 무람없이 지내게 되었다. 내 남편이 늘 늦게 귀가하는 사람인데도 같은 동에 살다 보니 아무래도 만날 기회가 아주 없지는 않았던 덕이었다.

우리는 말 그대로 '한 지붕 두 가족'으로 살았다. 윗집에 밥이 모자라면 아이들이 그릇을 들고 내려와 퍼 가기도 했고 손님이 과자를 사 오면 으레 다른 집 아이들을 불러 나누어 먹었다. 한 엄마가 외출할 경우엔 당연히 다른 엄마가 봐주었다. 고맙다는 말은 아예 생략하고 지냈다.

남편도 아프다는 소식조차 못 들었던 친구의 느닷없는 죽음이 믿기지 않는지 자꾸만 나한테 도대체 왜 그렇게 갑자기 갔느냐고 캐물었지만 난늘 아는 게 없기는 피차일반이었다. 빈소까지 가는 동안 난 가깝다고 생각했던 친구의 죽음에 대해서 아무것도 아는 게 없다는 사실에 대해서 계속 자책하고 또 자책했다.

생각해 보니 친구와 연락을 끊고 지낸 지 어느새 반년이었다. 가까이 지낸 지 사십 년 동안 이렇게 오래 연락을 하지 않았던 건 처음이었다. 두 번째 함께 살았던 동네를 떠나 각기 다른 동네로 이사 간 후에도 우린 일 년에 서너

번은 꼭 만났었다. 버스를 꼬박 한 시간은 타야 하는 거리를 별로 멀다는 생각 없이 쉽게 왔다 갔다 했다.

몇 년 전 친구가 판교로 이사 간 이후에도 여러 번 집으로 찾아가서 만났고 그 사이에도 간간이 전화로 수다를 떨었다. 최근에는 주로 건강에 대한 이야기를 많이 했지만 서로 몸 아끼라는 소리였지 딱히 어디가 안 좋다는 말은 듣지 못했다.

친구는 어려서 곱게 자라 그런지 비교적 엄살이 심한 편이었다. 날마다 약을 한 주먹씩 먹는 나에게 자기는 혈압약 하나만 먹는데 약을 먹으면 어지럼증이 나서 약 먹기 싫다고 엄살을 피웠다. 그럴 때면 난, 온실 속의 화초라 남다 먹는 혈압약 하나 갖고도 엄살을 떤다고, 번데기 앞에서 주름 잡지 말라고 핀잔을 줬다. 그러면 친구는 이내 내가 좀 그렇지 하면서 피식 웃었다. 마음이 여리고 고운 친구였다.

빈소에서 까만 상복을 입은 친구의 아들과 딸, 남편을 만나자 비로소 친구가 죽었다는 사실이 현실로 다가왔다. 그래 이 아이들의 엄마가 정말 갔구나. 난 또 친구 하나를 잃은 거구나. 최근에 자주 만났다는 다른 동창이 친구의 죽음에 대해서 소상히 말해 주었다. 처음엔 감기 정도로 생각했던 대수롭지 않은 증세가 병원을 드나들면서 나쁜 쪽으로 진전되긴 했지만 치명적이진 않았다고 했다. 본인도 마지막 입원할 때까지도 크게 걱정하지 않았다는 것이다. 동창은 친구의 사인을 의료사고라고 단언했다. 자기 생각에는 병원 측의 잘못으로 감염된 게 확실한데 병원 측이 딴소리를 하고 있다, 환자는 영원히 병원의 호구일 뿐이라며 분노를 터뜨렸다. 결국 친구가 왜 죽었는지 정확하게 모르는 채로 난 친구에게 영원한 작별 인사를 남겼다.

사랑하는 이들의 죽음은 살아남은 자들의 마음에 지울 수 없는 그림자로 남는다. 지금까지 살아오는 동안 사랑했던 부모, 가족, 친구를 숱하게 잃었지만 바로 오늘 헤어진 친구의 죽음이 남긴 그림자는 쉬이 옅어질 것 같지 않았다. 친구의 죽음 앞에서 나 자신이 다시 보였기 때문이었다. 내가 인정하기 싫은 내 모습이.

무엇보다 나처럼 자기중심적인 사람은 친구를 사귈 자격이 없다는 사실을 일깨워 주었다. 그토록 자주 만났던 친구가 몸이 안 좋아져서 결국 죽음에 이를 때까지 여섯 달 동안 까맣게 모르고 살았던 건 그동안 우리의 만남이 늘 친구가 먼저 연락을 해 와서 이뤄졌음을 깨닫게 했다. 혹시 몸이 아프다고 하면 또 내가 별것도 아닌 일에 엄살을 피운다며 단칼에 핀잔을 줄까 봐 연락하기 싫은 건 아니었을까. 그러면서 내가 먼저 전화를 걸어 요즘은 몸이 어떠냐며 다정하게 물어 주길 바랐을지 모른다.

무엇이 그리 중하고 바쁘길래 이 스마트폰 시대에 안부 문자 하나 안 보냈던 걸까. 문득 궁금해지면 먼저 연락하면 될 것을 왜 친구의 연락만을 기다리고 있었던 걸까. 그러나 친구는 내가 자책만 하게 내버려 두진 않았다. 친구는 내가 자칫 잊어버리기 쉬운 것들을 다시 깨우쳐 주었다. 죽음은 멀리 있는 것이 아니니 늘 마음을 잘 가다듬고 살라고, 지금 가까이 있는 사람들을 열심히 사랑하며 살라고.

친구는 죽어서도 친구였다.

인생이란 것

막내 시누는 나와 나이가 같고 결혼 시기가 비슷하고 아들만 두었다는 점 이외에는 나하고 영 딴판이다. 외모도 성격도 능력도 인간관계도 나보다 훨씬 낫다.

결혼 전 막내 시누를 처음 만나던 날 나는 우리가 동갑이라는 사실이 믿기지 않았다. 너무 멋지고 화려했다. 피부가 워낙 하얀 데다 당시 여대생들에게 유행하던 눈 화장까지 완벽하게 갖춰 얼굴에서 빛이 나는 것 같았다. 거기다 당시 여대생으로서는 감히 도전하기 힘든 패션, 즉 가슴의 곡선이 그대로 드러나는 오렌지 빛 니트에서 성숙한 여성미가 풍겨 나왔다. 같은 여성임에도 카리스마 넘치는 매력에 압도당하는 느낌이었다. 우와, 멋진걸.

성격은 또 어찌나 활달한지 초면인데도 오래 알고 지낸 사이처럼 격의 없이 말을 걸어왔다. 오히려 내가 당황할 정도였다. 흔히 여동생들이 그러듯이 오빠의 여자 친구를 탐색하는 기색은 조금도 보이지 않았다. 그녀는 자기 오빠처럼 게으르고 잠이 많고 지저분한 남자는 없을 거라고, 자기 같으면 절대로 좋아하지 않을 거라고 거침없이 흉을 보았다. 입담도 풍성했지만 말할 때 제스처 역시 화려하기 짝이 없었다. 앞으로 그녀와 함께 있으면 한순간도 지루할 틈이 없으리라는 예감이 들었다. 물론 예감은 적확했다. 그녀가 낀 자리에는 늘 웃음꽃이 피어났다.

결혼은 나보다 꼭 일 년 후에 했다. 상대는 평소 내가 예상했던 것과 많이 다른 사람이어서 좀 놀랐다. 시누의 말대로였다면 키가 크고 세련되고 여유 있는 집 차남 정도를 골랐을 텐데 실제로 나타난 사람은 키도 작고 촌스러운데다 가난한 집안의, 그것도 장남이었다. 역시 인연은 따로 있나 보았다.

나는 시누가 현모양처와는 거리가 먼 여자라고 믿어 의심치 않았다. 어려움 없는 환경에서 하고 싶은 대로 하고 살았기 때문에 남편이나 시집 식구에게 헌신적으로 봉사하는 전통적인 여성 역할에 적응하기 힘들 거라고 생각했다.

오산이었다. 가까이 그리고 멀리서 몇 십 년에 걸쳐 보고 들은 것에 따르면 그녀는 신기할 만큼 완벽한 아내였고 며느리였다. 난 그녀를 통해서 소위 '내조'의 범위가 얼마나 넓은 건지 확인할 수 있었다. 과장해서 말하면 온달 장군을 출세시킨 평강공주의 지혜를 보았다고 할까.

시누 남편이 결혼 이후 하루하루 세련되어 가고 직장에서도 승승장구한 데는 시누의 역할이 절대적이었다. 그렇다고 남편한테 무조건 순종하는 스타일은 아니었다. 할 말은 똑 부러지게 하고 때로는 큰소리도 내면서 남편에게 필요한 내조를 빈틈없이 해 나갔다.

무엇보다 시누가 시부모를 대하는 태도에는 탄복하지 않을 도리가 없었다. 앞에서는 살살거려도 뒤에서는 흉보는 게 보통 며느리들인데 시누는 겉과 속이 한결같았다.

아무런 도움도 주지 않은 시부모에 대해서 한마디의 원망도 없이 그들의 건강을 진심으로 걱정하고 살뜰히 챙겼다. 물론 형제들에게도 각별했다. 나는 아, 이래서 옛날부터 집안이 잘되려면 며느리를 잘 들여야 한다는 말이 있구나 실감했다.

시누는 남편의 부임지를 따라 여러 번 외국에 나가 살았다. 귀국할 때마다 친정 식구에게도 선물을 한 보따리씩 안겼다. 언젠가 미국에서 돌아올 때는 캘리포니아산 쌀을 한 가마씩이나 돌렸다. 아니, 여기도 쌀이 넘치는데 왜 무겁고 번거롭게 이런 것까지 가져오는 거야 하며 속으로 툴툴거렸지만, 나라면 절대로 생각지도 못할 통 큰 호의에 대해서만은 감탄했다.

솔직히 젊었을 때는 아주 가끔이지만 너무 부러운 나머지 은근히 시샘을 느낀 적도 없지 않았다. 또래인 데다 비슷하게 출발했는데 왜 우린 늘 이 모양인가 하는 상대적 박탈감 같은 게 있었다. 딸의 초대로 외국에 다녀오신 시어머니가 아들네 사는 모습이 안타까운 나머지 '딸네보다 아들네가 외국 나가서 나를 초대했으면 더 좋았을 텐데'라던가 '니네도 좀 잘해 놓고 살면 좋을 텐데'라고 말씀하실 땐 시어머니의 진심을 알면서도 속이 쓰렸다.

하지만 나하곤 다르게 화통하고 베풀기 좋아하는 시누를 나는 무척 좋아했다. 친구들은 '우리나라에도 이렇게 시누 좋아하는 올케가 다 있네'라며 놀려 댔다.

시누 남편이 은퇴한 후 부부는 함께 골프를 치며 여유로운 노년으로 들어섰다. 경제적 여유와 화목한 부부 관계 그리고 건강이라는 삼박자가 갖춰진, 우리 또래 모두가 꿈꾸는 생활이었다. 시누 남편에게 당뇨나 혈압 등 노년에 흔한 성인병이 있긴 했으나 워낙 운동과 식이요법을 철저히 해서 걱정할 수준은 아니었다.

그런데 한 치 앞을 못 보는 게 인생이라더니 예기치 못한 일이 일어났다. 몇 년 전부터 시누가 어지럼증을 호소하기 시작했다. 열심히 병원을 다녔지만 증세는 나아지지 않았다. 가는 곳마다 다른 진단이 나오는 사이 증세는 급격히 악화되어 갔다. 발음이 어눌해지고 움직임이 둔해졌다. 결국 소뇌에 이상이 생겼으며 현재로서는 치료 방법이 없다는 진단을 받았을 땐 혼자 힘으론 아무것도 할 수 없게끔 되었다.

나이 들면 누구에게나 병이 찾아오게 마련이지만 워낙 건강하고 유쾌한 시누가 불과 1, 2년 사이에 그렇게 되자 가족들은 충격에서 쉽게 헤어나지 못했다. 더 안타까운 건 몸은 급격히 마비되어 가는데 의식은 또렷하다는 점이었다.

어느 날 시누가 참석하지 못한 가족 모임 자리에서 시누 남편은 결연한 표정으로 앞으론 아내가 완치될 때까지 오로지 아내를 위해 살겠다고 선언했다. 평생 아내의 뒷바라지를 받기만 했는데 이제부턴 그걸 갚겠다는 것이었다. 가족 모두 가슴이 찡했다.

그리고 며칠 후 모처럼 제주에 놀러 갔을 때였다. 먼저 서울로 올라간 큰아들로부터 전화가 왔다. 고모부가 돌아가셨어요. 응? 고모가? 아니요, 고모부가요. 언제, 어떻게? 오늘 아침, 심근경색으로요.

인생이란 게 워낙 이 따위로 굴러가는 건가. 그렇게 시누는 혼자 남겨졌고, 아들의 보살핌을 받다가 스스로 요양원으로 들어갔다. 아들을 고생시키고 싶지 않다면서 단호하게 선택한 길이었다.

지금 시누는 요양원에서도 나와 요양 병원에 누워 있다. 얼마 전 찾아간 병상의 시누는 숨 쉬는 것도, 먹는 것도 자력으로 못하는 상태였다. 그러나 그 잘생기고 환한 얼굴은 그대로였다. 이렇게 멋지고 착한 사람이 왜 여기 누워 있어야 하나, 나는 가슴이 찢어지는 것 같았다. 인생무상.

제사의 추억

부모님은 젊었을 때 단둘이 남하해서 가족을 이루신 분들이었다. 조부모님들이 아직 한창 젊으실 때 떠나오셨기 때문에 당신들이 일흔이 넘으셨을 때까지도 그분들이 살아 계실 거라고 믿고 싶어 하셨다. 평소엔 부모 생각을 전혀 안 하는 것처럼 항상 유쾌하고 즐겁게 사셨지만 명절이 다가오면 북쪽 하늘을 바라보며 울적해하셨던 기억이 난다. 누가 물어본 것도 아닌데 '아마, 두 분 다 돌아가셨을 거야'라고 혼잣말을 하시면서도 절대로 돌아가셨다는 사실을 인정하지 않으셨다.

그랬기에 제사 같은 것은 언급도 하지 않으셨다. 간혹 같은 실향민이 부모의 사망일을 추측해서 제사를 지낸다는 말을 전해 들을 때도, 혹시 살아 계실지도 모르는 분을 제사 지낸다는 게 말이 되냐며 못마땅해하셨다. 나는 제사와 성묘를 어떻게 지내는지에 대해선 책에서만 보았을 뿐 실제로 보거나 들은 적이 한 번도 없는 채로 결혼했다.

시집에서 가장 낯설었던 문화가 제사와 성묘였다. 결혼 초기에는 시어머니가 제사를 주재하셨는데 무려 4대조까지 모셨다. 4대조 제사와 시아버지 기제사, 그리고 신정(당시에는 구정을 쉬지 못하게 했다)과 추석을 합치면 한 달에 한 번꼴로 제사가 돌아왔다. 시어머니가 제사를 대하는 태도는 보는 것만으로도 숨이 막힐 정도로 엄숙했다.

시아버지가 돌아가신 이후 가계가 계속 기울어 가는 상황이어서 그랬는지 당시 시어머니는 살아가는 의미를 오직 제사에서 찾으시는 듯했다. 사실 결혼식이 끝난 뒤 4대조에게 폐백을 드리게 할 때부터 앞날이 고달프리라는 예감이 들긴 했었다.

시어머니는 갓 결혼한 나에게 앞으로는 제사 사흘 전

부터 시집에 와서 큰동서의 일을 거들라고 명령하셨다. 큰동서는 당시 부산에 살았는데 제사 때마다 며칠 전부터 올라와 있었다. 둘째 동서는 시어머니와 함께 살았다.

깜짝 놀란 내가 회사에서는 제사 휴가 같은 건 주지 않는다고 말씀드리니 그럼 회사 끝나자마자 달려와야 한다고 강조하셨다. 직장 다니는 며느리를 처음 만나셨기 때문에 제사보다 회사를 우선시하는 며느리가 마뜩지 않으셨지만, 다행히 역시 직장에 다니고 있던 동갑내기 막내 시누가 '엄마가 세상을 모르네' 하는 식으로 강하게 방어막을 쳐 주었다.

아무튼 제사 사흘 전부터 차출되어 음식 준비를 하는 일은 보통 고된 노동이 아니었다. 지금처럼 곳곳에 마트가 있는 게 아니라 큰동서와 함께 멀리 떨어진 큰 시장으로 재료를 사러 가는 일만 해도 엄청난 품이 들었다. 큰동서는 웬일인지 둘째 동서는 놔두고 꼭 나를 동반했다. 고기와 채소, 과일, 기름은 비교적 가까운 신촌시장으로 가도 됐지만 건어물을 사려면 꼭 을지로에 있는 중부시장을 들러야 했다.

구입한 물건을 보자기에 싸 들고 집까지 돌아오는 일도 만만치 않았다. 버스는 늘 만원이었고 택시는 돈도 돈이지만 짐 가진 승객을 못 본 척하고 내빼기 일쑤였다. 추운 겨울 깜깜한 거리에서 택시를 잡으려고 이리 뛰고 저리 뛰다 보면 온몸은 이미 동태처럼 얼어 있었다.

집에 와서도 쉴 틈이 없었다. 통금 시간 직전까지 재료 손질을 해야 했다. 그땐 동태도 집에서 포를 떴다. 언젠가는 꽃게 한 상자를 사서 게살을 하나하나 발라내고 다져서 전거리를 만들기도 했다. 제사 많은 집안의 며느리라는 직업은 한마디로 극한 직업이었다. 게다가 여름철엔 음식이 상할까 봐 걱정, 겨울철엔 부엌이 너무 추워 걱정이었다. 지금 그 고생을 하라면 당장 보따리를 쌌을 거다.

제사가 간소화되기 시작한 건 시어머니가 큰아들에게 제사를 물려주시면서부터였다. 시어머니는 사업 실패로 어려움을 겪고 있는 아들을 배려해 제사의 규모를 파격적으로 줄이셨다. 4대에서 2대로 줄이고 직계 이외에는 오지도 못하게 하셨다. 심지어 제사상에 음식 대신 꽃을 놓고 지내라고 하셨다. 평생 형식을 중시하고 살아오신 시어머니의 용단에 나는 처음으로 두려움이 아닌 존경심이 들었다.

그러나 몇 년간 꽃 제사를 지내던 큰동서는 어느 날 다시 옛날식 제사를 지내겠다고 선포했다. 어차피 가족들 먹을 음식은 만들어야 하지 않느냐는 이유를 앞에 내세웠지만 그보다는 하는 일마다 실패하는 이유가 조상을 섬기지 않았기 때문에 벌을 받는 거라고 한 점쟁이의 말이 결정적이었다.

겨우 나아지나 했더니 다시 뒷걸음치는 역사가 안타까웠지만 지푸라기라도 잡고 싶은 큰동서의 절박한 심정도 이해되었기에 가족들은 아무 말도 할 수 없었다. 그리고 전처럼 제사상에 정성스런 음식을 올리자 거짓말처럼 큰집의 가계가 피어나기 시작했다. 물론 그동안 쏟아부은 노력이 뒤늦게 결실을 맺은 거겠지만 시점이 시점이니만큼 참 희한한 일이 아닌가.

큰동서는 나보다 겨우 여덟 살 위였지만 처음부터 나는 큰동서가 나하고는 근본적으로 다른 세대에 속하는 여성이라는 인상을 받았다. 그에 비하면 열 살 위인 둘째 동서는 오히려 내 세대 같았다. 둘째 동서는 성격도 밝고 명랑해서 아무 말이나 툭툭 잘하는 반면 큰동서는 말과 행동이 품위 있고 신중해서 그 앞에 있으면 내가 한없이 가벼운 사람 같다는 생각이 절로 들었다.

제사를 대하는 큰동서의 자세는 늘 한결같이 정성스러웠고 음식은 항상 최고의 맛을 보여 주었다. 만약 내가 큰동서의 조수로 삼십 년을 보낸 전력이 없었다면 내 아이들은 그동안 먹었던 것보다 훨씬 형편없는 음식을 먹으면서 자라야 했을 것이다. 어떤 이들은 제사 음식을 생각하면 맛없다는 말이 먼저 떠오른다는데 우리 가족은 다르다. 매번 똑같은 음식을 먹는데도 항상 맛있어서 온 식구가 과식을 하게 된다. 큰동서는 제사가 반드시 형식이 아니라 식구들의 화목을 다지는 가족 행사이기도 하다는 걸 실천으로 증명해 준 여성이었다.

그러나 큰동서가 갑자기 세상을 뜨자 역사는 출렁거리기 시작했다. 요컨대 우리 가족은 몇 년 전부터 큰조카가 맡아 지내는 제사에 참여하지 않고 있다. 다만 한식과 추석에 가족묘에 가는 걸로 제사를 대신하고 있다.

하지만 제사 음식의 역사는 내 몸에 잊을 수 없는 추억으로 남아 있다. 설과 추석에는 차례를 안 지내면서도 으레 제사 음식을 만들고 있는 나. 전을 부치고 탕국을 끓이면서 나는 마음으로 큰동서와 대화를 하고 있는 자신을 발견하곤 혼자 놀란다.

명절이 다가오면 큰동서가 그리워진다. 좀 더 오래 살았다면 훨씬 다정하게 지냈을 텐데. 맛있는 음식도 실컷 얻어먹을 수 있을 텐데.

...
아무도
가르쳐 주지 않았다

노후 파산, 노인 자살, 노인 범죄가 핫이슈다. 하도 사건이 빈발하니까 일각에서는 노인 시민재교육의 필요성까지 제기되는 중이다. 사람들이 그토록 오랫동안 꿈꾸어 왔던 장수 시대가 막 도래하자마자 노인이 골칫덩어리로 전락하는 중이다. 장수를 간절히 원하면서도 장수에 대한 준비를 미처 하지 못한 사회가 겪어야 하는 통과의례라고 하기엔 현재 노인이 겪고 있는 현실이 너무 참혹하다.

요즘 많은 매체들이 노인 이슈에 관한 글이나 영상물을 다투어 내보내고 있다. 거리에서, 혹은 쪽방에서 병든

몸으로 가난하고 외로운 노년을 보내는 사람들에 대한 기사나 다큐를 보면 곤궁에 처한 노인들이 이구동성으로 토로하는 말이 있다. 우리보다 앞서 고령화 시대를 맞은 일본에서 비슷한 형편에 처한 노인들이 하는 말과 똑같다.

"젊었을 땐 내가 노년에 이렇게 살 줄 정말 몰랐습니다."

왜 아닌가. 나도 세상이 이렇게 빨리 바뀔 줄은 상상도 못했다. 컴퓨터니, 휴대폰이니, 인공지능이니 등등 나 같은 아날로그 인간은 단어를 따라잡기에도 힘겨운 첨단 과학의 발전상만을 말하는 게 아니다. 신기술의 출현 따위야 굳이 앞서서 알지 않아도 살아가는 데 조금 불편할 정도이지 치명적일 것까지는 없다.

노인들이 황당해하는 건 젊었을 때 생각했던 노년의 이미지와 지금 겪고 있는 삶의 실상이 너무 괴리가 크다는 데 있다. 어렸을 적에 막연히 그려 봤던 노인상과는 완전 딴판이고 변화의 조짐을 슬슬 감지하기 시작했던 장년기에 예상했던 것에 비해서도 훨씬 추레한 모습으로 변한 것이다.

우리 또래가 자라던 시대에는 별 의심 없이 누년이 되면 그동안 부양해 온 가족들의 보살핌을 받으며 경제적 심리적으로 여유 있는 삶을 누리리라 믿었다. 특히 아들을 여럿 둔 사람은 젊었을 땐 힘들어도 늙으면 당연히 꽃방석에 앉으리라 철석같이 믿었다. 내가 아들 셋을 연달아 낳았던 70년대만 해도 늙어서 부귀영화는 따 놓은 당상이라며 주위에서 얼마나 부러워했는지 모른다.

중년기에 들어서자 자식이 종신보험이라는 믿음에 금이 가기 시작했지만 그래도 낙관적인 전망을 아예 저버린 것은 아니었다. 헛된 욕심 부리지 않고 부지런히 살다 보면 남부럽지 않은 여유까지는 못 누릴지언정, 적어도 늙은 몸을 뉠 집 한 칸과 삼시 세끼에 대한 걱정으로부터 벗어날 정도는 꾸려 가리라고 믿었다.

늙으면 맘먹은 대로 해외여행을 하고 살리라는 꿈을 국내 여행으로 낮추기는 했지만 아예 여행 따윈 꿈도 못 꾸는 처지는 안 될 거라고 생각했던 것이다. 그렇게 사랑하는 가족들 옆에서 소박하지만 여유로운 노년을 누리다가 환갑 혹은 칠순을 넘어 평안하게 세상을 뜨면 그걸로 된 게 아니냐고 우리 또래들은 혼자 흐뭇해했다. 젊어 고생도 늙어 평안을 향한 초석이라고 믿으며 거친 세상을 꿋꿋이 견뎌 낼 수 있었다.

그렇게 오직 앞만 달리며 열심히 살았는데 대박은커녕 중박도 아닌 그야말로 쪽박 인생이 기다리고 있었다니. 노인들은 당황스럽기만 하다. 힘이 될 줄만 알았던 자식들은 나이가 들었어도 오히려 점점 더 큰 짐이 되거나 부모를 짐스러워하며 자꾸 멀어진다.

부모 자식 간에 인정머리가 없다며 흉을 봤던 선진국의 자식들은 부모가 가난할수록 더 자주 찾는다는데 동방예의지국을 자랑하던 우리나라는 어찌 된 셈인지 부모가 돈이 있어야 자주 찾는단다. 천륜이라던 부모 자식 관계가 불과 한 세대 만에 이렇게 뒤집히다니 노인들은 정신이 혼미해진다.

더 큰 문제는 지금 이렇게 살고 있는 것만 해도 견디기 힘든데 이런 삶이 앞으로 언제까지 계속될지 모른다는 데 있다. 먹고살 만한 사람들이야 '구구팔팔이삼사(99세까지 팔팔하게 살다 이틀 앓고 3일째 죽는 것)'니 '이대로 쭉'이니 들기 좋은 건배사를 외치며 건강 챙기기에 골몰하지만, 지금도 쪽박을 찬 사람들은 장수 시대라는 말만 들어도 암담한 앞날이 연장된다는 생각에 공포스럽기만 하다. 누추하기 짝이 없는 자신의 팔자가 짜증스럽고 있는 자들의 거들먹거리는 듯한 행태가 눈꼴시며 나라가 원망스럽다.

왜 아무도 가르쳐 주지 않았을까. 자식이 결코 종신보험이 아니라는 걸, 가족은 언제든지 깨질 수 있다는 걸. 아니 무엇보다도 나도 이렇게 오래 살게 되리라는 걸.

자신의 미래가 절망스럽기만 한 노인들은 스스로 목숨을 끊고, 열심히 산 자신을 배신한 이 세상을 원망하며 범죄에 빠지기도 한다. 폭행이나 살인 등 젊은이들이나 저지를 범죄의 유혹에 빠지는 노인들의 수가 해마다 늘고 있다. 그들 모두 아차 하는 순간에 초고속으로 돌아가는 한국이라는 팽이 위에서 미끄러져 떨어진 셈이다. 젊은이보다 빠르게 증가하는 노인 강력범죄율, 세계 최고라는 노인 자살률은 우리 노인의 처지를 대변해 주는 서글픈 표지판이다.

노인들의 비명 소리가 도처에서 들려오는데도 아직 우

리 사회는 노인을 따뜻이 보듬어 줄 여유가 없는 것 같다. 노인 복지정책이 겨우 시동 단계인데도 벌써부터 복지의 과잉을 우려하는 분위기가 감지된다. 혹은 노인 정책을 다만 점점 늘어나는 노인층의 표를 노리는 포퓰리즘으로 일방적으로 매도하는 경향도 있다.

아직 노인이 되지 않은 다른 연령층의 반감도 노골적으로 표출된다. 노인 문제나 복지 등의 이슈가 부각될 때마다 인터넷 기사 밑에 달리는 댓글을 보면 가슴이 철렁 내려앉을 때가 많다. 원색적인 언어들이 춤추는 인터넷 공간의 속성을 감안한다 치더라도 젊은이들의 노인에 대한 적대감이 상상 이상이기 때문이다.

젊은이들이 노인을 보는 시선은 대략 두 가지로 나뉜다. 하나는 노인을 무조건 여당에 표를 찍는 무식하고 고집 센 집단으로 보거나 아니면 자기 인생을 책임지지 못하는 낙오자들로 본다. 둘 다 현재의 비참한 처지는 자업자득이니 동정할 것도 원망할 것도 없다는 결론으로 모아진다. 모든 것을 포기해야 하는 N포세대의 분노를 노인에게 쏟아붓는 것 같다.

중년세대라고 해서 노인들에게 호의적인 것만은 아니다. 노인이 곧 자신의 머지않은 미래라는 걸 너무나 잘 알고 있지만, 아직 노인이 되지 않은 그들은 자신의 미래보다 아이의 미래가 훨씬 급박한 걱정거리이기 때문이다. 그들은 노인에게 미안하긴 하지만 그래도 노인복지보다는 보육과 교육에 대한 지원이 우선되기를 원하고 있다.

모두들 자기 앞가림이 급한, 각자도생해야 하는 세상에선 다른 세대에 대한 배려 따윈 사치로 여겨지나 보다. 역지사지하면서 서로를 보듬는 시대는 과연 올까.

살인적인 무더위를 조그만 선풍기 하나로 견뎌 내는 쪽방촌 노인들을 떠올릴 때마다 죄인이 된 기분을 지울 수 없다. 그들은 나와 같은 시기에 태어나서 같이 자라고 이젠 같이 늙어 가는 내 또래들이다. 인연이 닿았으면 함께 뛰놀았을지도 모르는.

세상이 무너지지
않는 이유

　뉴스를 보면 세상이 당장 무너질 것 같다. 입에 올리기에도 끔찍한 사건 사고들이 날마다 터진다. 어쩌다 며칠 동안 고만고만한 뉴스만 계속되면 오히려 더 불안해진다. 얼마나 경천동지할 사건이 대기하고 있기에 이렇게 뜸을 들이나 싶어서.

　이젠 온 국민이 웬만한 사건 사고에는 그러려니 할 뿐 경악도 분노도 느끼지 못하는 단계에 들어선 게 아닌가 싶다. 고위 공직자나 기업인들의 부정과 비리에 대해서도 '그럴 줄 알았다'는 식이고, 대형 사기 사건이 빈발해도 '속는

놈이 바보'라며 시니컬한 반응을 보인다. 살인 사건이나 교통사고, 성범죄가 끊이지 않다 보니 그런 일이 나한테도 일어날 수 있다는 불길한 예감에 휩싸이고 결국 이 험한 세상에서 살아남기 위해선 각자도생만이 유일하고 최선의 길이라는 결론에 도달한다.

세상은 온통 수상한 사람들로 득시글거리는 것 같아 낯선 사람을 만나면 일단 경계 태세를 갖추게 된다. 기후까지 점점 변덕스러워지니 이러다간 몇 세기가 아니라 몇십 년이 지나기 전에 세상이 끝장날 것만 같다.

다른 행성으로 떠나는 것 말고는 어디에도 숨을 곳이 없다. 사는 게 점점 재미없고 서글퍼진다. 이런 세상에서 오래 사는 것이 무슨 의미가 있나. 그나마 사랑하는 가족과 친구들이 있어 다행이라고 해야 하나.

그러다 문득, 세상이 갑자기 환해지는 순간이 있다. 전혀 예기치 못한 곳에서 낯선 사람의 선의를 만날 때가 그렇다. 그러면 그렇지, 이 세상에는 언제나 나쁜 사람보다 좋은 사람이 훨씬 많아. 아무렴. 나는 순식간에 비관주의자에서 낙관주의자로 변신한다.

사람은 참 오묘한 존재다. 별 생각 없이 한 행동으로 다른 사람을 감동시키고 행복하게 만들 수 있는 힘이 있다. 오늘도 그랬다.

오늘 아침, 오랫동안 벼르기만 하다가 이때다 싶어 번호를 눌렀다. 예진에 알고 지내던 지인을 오랜만에 만났을 때 번호를 받아 적었다. 그 자리에서 휴대폰에 저장을 하지 않은 건 일종의 아날로그적 고집 때문이었다. 손에는 스마트폰을 갖고 다니면서도 생각은 유선전화 시대에 머물러 있다. 아이들은 그럴 거면 왜 스마트폰을 샀느냐고 놀리지만 내가 스마트폰을 마련한 이유는 단지 예전의 휴대폰이 먹통이 되었을 때 찾아간 가게에 스마트폰밖에 없었기 때문이다.

신호가 오래 울렸다. 전화번호를 잘못 받아 적을 수도 있다는 생각은 꿈에도 하지 않았다. 난 평생 그런 실수를 저지른 적이 한 번도 없는 사람이라는 자만심에 꽉 차 있었으니까.

"여보세요."

이게 웬 남자? 목소리가 밝고 상냥한 걸 보니 혹시 아들인가? 그런데 직장 다니는 아들이 왜 이 시간에?

"아무개 씨 휴대폰이죠?"

"아닌데요. 몇 번에 거셨죠?"

어라? 나 같으면 '아닌데요'와 더불어 이미 끊었을 게
다. 그 짧디짧은 말에다 짜증을 한 소쿠리 얹어서. 그런데
이 청년은 기분 좋은 목소리로 상냥하게 몇 번에 걸었느냐
고 물어본다. 보기 드문 청년이네.

"몇 번 아닌가요?"

내가 받아쓴 번호가 처음부터 틀렸다는 걸 깨달았으
면서도 나는 짐짓 억울하다는 어조로 번호를 말한다. 나는
절대로 실수를 저지르는 사람이 아니라는 걸 알아 달라는
제스처다.

"번호를 잘못 알고 계시군요. 제가 이 번호를 쓴 지 삼
년이나 됐거든요. 다시 확인해 보셔야겠네요."

단 일 퍼센트의 짜증도 섞이지 않은 상냥한 응대.

"아이고, 제가 처음부터 수첩에 잘못 받아썼나 봐요. 미
안해요. 번거롭게 해서."

"아닙니다. 그럴 수도 있죠. 좋은 하루 되십시오."

아침부터 푹푹 찌는 무더위가 한 방에 날아간다. 청량한 바람을 맞은 기분이다. 그러다가 '아, 이런 기분을 바로 얼마 전에도 느꼈었는데'라는 생각이 들었다.

며칠 전 저녁이었다. 강남에 있는 한 빌딩의 지하 식당에서 모임이 있었다. 요즘은 자동문이 대부분인데 그 건물의 현관문은 손으로 힘껏 잡아당겨야 열렸다. 나이 들면서 팔 힘이 급격히 떨어진 탓에 어떨 때는 문을 당기는 게 힘에 부칠 때가 있다. 팔 힘만 빠졌나, 손아귀 힘도 빠져서 음료수 병도 못 열 때가 얼마나 많은데.

그런데 맞은편에서 나오려던 한 청년이 황급히 뛰어나와서 문을 밀어 열어 놓고는 손잡이를 잡은 채 기다려 주는 게 아닌가. 척 봐도 선하게 보이는 눈웃음을 보내며. 요즘 젊은이들의 예의 없음에 대해선 아예 입을 닫고 산 지 얼마나 오래됐는가. 나는 〈세상에 이런 일이〉에나 나올 것 같은 뜻밖의 배려를 받고 울컥할 지경이었다.

그 청년들은 모르겠지. 스스로는 호의라고 생각지도 않는 자신의 행동이 나이 든 어떤 할머니에게 얼마나 큰 위로와 기쁨을 주었는지. 세상이 당장 무너질 것 같으면서도 지속되는 이유는 바로 그들과 같은 좋은 사람들이 곳곳에 숨어 있기 때문이라는 걸.

우리는 모두
젊어 본 적이 있다

백 세를 넘어 사는 사람들이 급증하면서 매스미디어에 백 세 노인들이 심심치 않게 등장하고 있다. 그들의 삶을 통해 사람들이 간절히 원하는 무병장수의 비법을 알려 주려는 의도일 게다. 지금까지 알려진 비법은 결국 적게 먹고, 많이 움직이고, 가족과 화목하게 지내는 것 세 가지로 요약된다. 다른 나라 장수인들의 비법도 크게 다르지 않은 것 같다.

그런데 우리나라의 경우 세 가지 비법 가운데 맨 마지막의 '가족과 화목하게 지내기'에 대해서는 많은 사람들이 그 자체에 대해서는 전적으로 동의하면서도 마음에 걸리는 게 있다고 한다. 즉 통상적으로 우리의 가족 관계를 돌아볼 때 그 '화목'이라는 것이 일부 구성원의 일방적인 희생을 밟고 이루어지는 경우가 대부분이지 상호적인 배려와 관심으로 이루어지는 게 아니라는 것이다. 적어도 지금까지는.

얼마 전 한 TV 방송은 100세 시어머니와 81세 며느리가 함께 여행하는 모습을 내보내면서 고부간의 화목에 방점을 찍었는데 역설적으로 시청자들의 반응은 호응이 아니라 냉담이었다. 많은 시청자들이 그 프로그램을 보는 동안 흐뭇함이 아니라 안타까움을 느꼈다고 했다. 장수가 축복이 아니라 재앙이라는 사실을 재확인했다는 것이다.

무엇보다 사람들은 시집 와서 여든이 넘도록 이 날 이 때까지 시어머니 봉양을 해야 하는 며느리의 처지가 너무 불쌍하다는 데 입을 모았다. 며느리가 시어머니보다 먼저 죽을 것처럼 쇠약하고 지쳐 보였다는 것이다.

다음으로는 그럼에도 불구하고 시어머니의 인품이 며느리의 고생을 알아 줄 만큼 너그럽지도 부드럽지도 않다는 데 분노를 느꼈다고 했다. 시어머니가 한창 팔팔했을 때 신발로 며느리의 얼굴을 때릴 정도로 지독하게 굴었다는 에피소드만으로도 시어머니의 평생 갑질을 짐작하고도 남음이 있다는 것이다.

그리고 시어머니의 장수는 바로 그런 고부 관계 즉 며느리를 학대함으로써 스트레스를 풀어 온 전통적인 갑을 관계 덕분에 가능했다고 보았다. 평생 동안 온갖 패악을 받아 주며 정성껏 봉양하는 며느리 덕분에 시어머니는 늘 마음과 몸이 건강할 수 있었다는 것이다. 며느리와 함께 여행하면서 행복에 젖은 시어머니의 얼굴이 악마처럼 보였다는 소감까지 있었다.

사람들은 또 늙어 버린 며느리에게 더 늙은 시어머니를 떠맡기고 몰라라 하는 다른 가족들에게도 비난의 목소리를 높였다. 다른 가족들이 나서서 시어머니를 떠맡기진 못하더라도 요양원에 보내도록 주선할 수는 있지 않느냐는 것이다. 며느리의 딸도 진정으로 친정어머니를 생각한다면 할머니를 어머니로부터 떼어 놓아야 한다고 했다.

어떤 사람은 그렇게 오래 살았으면서도 더 살고 싶어

하는 시어머니가 역겹다면서 장수는 축복이 아니라 재앙이라고 주장하며 존엄사라는 단어까지 들먹였다. 아마 흥분한 나머지 존엄사의 개념을 잘못 이해한 데서 나온 말이겠지만.

만약 그 시어머니가 며느리를 따뜻이 감싸고 늘 고마워하는 노인이었다면 시청자들의 반응은 어땠을까. 물론 나이 든 며느리를 안타깝게 여기는 마음이야 여전히 남아 있겠지만 시어머니를 미워하거나, 오래 살고 싶어 하는 욕망을 무조건 비웃거나, 어차피 모두에게 닥칠 장수 자체를 재앙이라고 말하진 않았을 것이다.

백 세 시대가 거역할 수 없는 물결이라면 결국 우리에게 남겨진 것은 '잘 늙는 것'뿐이다. 잘 늙어서 저렇게 상관없는 사람들이 노인 전체를 싸잡아 욕하고 장수를 저주하지 않도록 만들어야 한다. 그게 우리 세대가 해야 할 의무라고 생각한다.

지방 노인들을 대상으로 '멋지게 나이 들어가는 법'에 대해 이야기해 달라는 요청을 받을 때가 가끔 있다. 내 주제를 잘 알기에 거의 거절하는 편인데 그래도 어쩌다 한

번씩 노인들을 만나면 달관이나 관조보다는 세상과 젊은
이에 대한 불만이 차고 넘친다는 인상을 받는다. 돈 없고
늙고 병드니 애물단지 취급이나 받는다고, 그냥 농약이나
마시고 콱 죽어 버리고 싶다고 한다. 그 말이 그냥 하는 말
이 아니라는 건 우리나라 노인 자살률이 세계 최고라는 사
실로 이미 증명되고 있다.

비슷한 연령대지만 상대적으로 많은 것을 누려 온 내
가 그들에게 무슨 말을 한들 공감을 얻겠는가. 그저 세상
이 우리를 애물단지 취급을 할지라도 노여워하지 말고 우
리 스스로 보물단지가 되자는, 어쩌면 뜬구름 잡는 말밖에
들려줄 말이 없다. 내가 하는 말은 사실 나 스스로에게 다
짐하는 말이다.

일단 젊은이들이 노인을 싫어하는 이유들을 정직하게
되짚어 보는 건 어떨까요. 젊은이들은 노인들을 이해할 수
없는 반면 우리에겐 젊은이들을 이해할 수 있는 능력이 있
습니다. 왜냐하면 젊은이들은 태어나서 한 번도 노인이 되
어 보지 못했지만 우리는 모두 왕년에 젊어 본 경험이 있

지 않습니까.

기억을 되살려 우리 젊은 시절을 떠올리면 지금 젊은 이들과 크게 다르지 않을 거라고 생각합니다. 우리가 흔히 말하는 효라든가 어른 공경 같은 것도 당시 사회 분위기가 그런 것들을 강조해서 자연스럽게 따라한 것이지 우리가 알아서 한 게 아니었잖아요. 솔직히 겉으론 순종하면서도 속으로는 반항한 적이 얼마나 많았습니까. 안 보는 데서는 욕도 많이 하지 않았나요.

요즘 젊은이들이 편한 것만 좋아한다고 흉보지만 우리도 비빌 언덕만 있었다면 기대어 살고 싶었을 거예요. 우리 시대를 빗대어 젊은이들을 비판만 하지 맙시다. 태어난 시대가 다르고 자라 온 시대가 다르잖습니까. 생각과 행동이 다를 수밖에 없는 걸 인정하고 들어가면 훨씬 젊은이들을 잘 이해할 수 있을 거예요.

장성한 자식들이 자주 안 찾아온다고 섭섭해하지도 맙시다. 혹시 내가 부담을 주진 않았나 되돌아보자고요. 자식들 얼굴을 보자마자 여기가 아프네 저기가 아프네 온통 엄살을 떨진 않았는지, 누구네 아들은 뭘 사 주었고 어디로 여행을 보내 주었는지 쓸데없는 비교로 자식들 자존심을 꺾진 않았는지.

　나이 들면 몸이 아픈 건 자연스런 현상입니다. 자식들이 바쁘다고 자주 안 내려오면 그만큼 열심히 살고 있다는 증거라고 생각하면 됩니다. 자식에게 짐이 되지 맙시다. 나를 끝까지 보살피고 책임져야 할 사람은 바로 나 자신입니다. 애물단지 취급한다고 화를 내는 대신 내가 나를 보물단지로 받들며 삽시다. 그렇게 늙어 갑시다, 우리.

3장

⋮

열심히
대충대충

할머닌 언제부터
착해졌어요?

"할머니."

"왜?"

"궁금한 게 있어요."

"뭔데?"

"할머닌 언제부터 그렇게 착해졌어요?"

오잉, 이게 뭔 소리?

"언제부터 착해지다니. 할머닌 처음부터, 아주 어렸을 때부터 착했는데?"

"에이, 거짓말 마세요. 옛날에는 엄청 안 착했잖아요."

"서현아, 누가 그래, 할머니가 옛날에는 안 착했다고?"

"아빠가 어저께 그랬잖아요."

아니, 큰아들이란 놈이 아홉 살짜리 지 아들을 앞에 놓고 늙으신 지 엄마 흉을 본 거야? 당장 아빠를 불러다 닦달하고 싶은 마음이 굴뚝같았지만 손자 앞에서만은 끝까지 교양 있는 할머니의 자세를 지켜야 한다. 침을 꿀떡 삼키는 것으로 분한 마음을 누르고 미소를 견지한 채 손자와의 대화를 이어 간다.

"아빠가 뭐랬는데?"

"그러니깐요, 우리가 일기 안 쓰고 놀기만 하니까 아빠가 그랬잖아요. 아빤 옛날에 일기 빨리빨리 안 쓰면 할머니한테 빗자루로 엉덩이를 두들겨 맞았다구요. 할머니도 우리한테 니들 그렇게 뺀질거리면서 아빠 말 안 듣는 거 보니까 할머니가 매를 들어야겠다, 그런데 니네 집에 빗자루가 없으니 뭘로 때리지 해서 우리가 스타워즈 광선검을 드렸잖아요. 그랬더니 할머니가 광선검을 들고는 '자, 니들한테 선택권을 주지. 맞고 쓸래, 그냥 쓸래?'라구 했잖아요. 그래서 할 수 없이 우리가 일기를 빨리 써야 했잖아요."

여기는 미국 샌프란시스코 근교의 소도시. 우리 부부는 막내네 4학년짜리 아들을 데리고 이곳에서 연구년을 보내고 있는 큰아들네로 와 있는 중이다. 큰아들네의 두 아들과 막내네 아들은 어렸을 때부터 죽고 못 사는 절친. 간혹 툭탁거리긴 하지만 한 달 동안 지치지 않고 하루 종일 엉겨 붙어서 노는 모습이 꽤나 보기 좋다. 하지만 학기가 막 끝난 여기 두 아이들과는 달리 한 달을 내리 수업을 빼먹고 온 아이에게는 한 가지 숙제가 있었는데 그건 일주일에 두 번씩 일기를 쓰는 것이었다.

꼭 숙제라서가 아니라 일기를 쓰는 게 여러모로 도움이 될 것 같아서 나와 큰며느리는 열심히 아이들의 일기 쓰기를 챙겼다. 아이를 혼자 보내고 마음 졸이고 있을 막내네가 아이의 미국 생활을 자세히 알 수 있는 자료로서의 가치도 있지만, 이제 곧 일 년의 미국 생활을 마치고 한국으로 돌아갈 큰아들네 아이들에게 그동안 소홀했던 한글 쓰기를 되익히게 하는 좋은 계기가 된다고 봤기 때문이었다.

미국에 온 지 일 년밖에 안 됐는데도 두 아이의 한글맞춤법은 엉망진창이었다. 하긴 한국에서 영어 공부를 전혀 안 한 채 미국 학교로 전학했으니 그간 영어를 익히면서 공부하느라고 얼마나 스트레스를 받았을까. 생각만 해도 안타깝고 대견했기 때문에 지금 꼭 한글맞춤법을 다시 공부해야 한다고 닦달할 생각은 전혀 없었다.

다만 사촌이 일기 숙제를 하는 그 시간에 두 아이도 함께 일기를 씀으로써 자연스럽게 한글을 연습할 수 있는 기회가 만들어지길 바랐다. 다행히 두 아이도 일기를 쓰는 일이 재미있게 생각됐는지 기꺼이 자신들도 일기를 쓰겠다고 나섰다. 게다가 한 달 중에 두 주나 신나게 여행을 다니고 일주일은 함께 과학 캠프까지 참가했으니 평소처럼 억지로 쥐어짜 낼 것 없이 연필만 들면 쓸거리가 넘쳐나지 않는가.

그런데 문제는 쓸거리가 너무 많다는 데 있었다. 세 아이들은 며칠 동안 했던 다양한 일들을 되새기면서 그중에서 뭐가 제일 인상적인가에 대해서 쉴 새 없이 떠들어 대느라고 몇 시간이 지나도록 한 줄도 못 쓰는 게 보통이었다.

큰아들 내외는 하루를 정리하느라고 바쁘고, 워낙 육아와 담쌓았던 할아버지가 손자들 일기 쓰기에 관심을 둘리 없고, 결국 잠 많은 할머니만 꾸벅꾸벅 졸면서 아이들을 채근해야 했다. 아이들은 '네, 써요! 쓰고 있어요!'라며 할머니 말을 듣는 척했지만 금방 또 깔깔거리며 수다를 떨었다. 어찌어찌 겨우 한 페이지짜리를 채우고 나면 할머닌 완전 녹초가 된다.

이런 일이 반복되자 드디어 어제저녁, 큰아들이 특단의 조치를 내렸다. 자신은 쏙 빠지고 자신의 엄마에게 악명을 씌워서 그 공포심을 이용해 아이들을 제압하는 작전이었다. 저 천사 같은 할머니가 아빠를 빗자루로 때렸다니. 일기장은 나 몰라라, 엉겨 붙어 뒹굴던 아이들이 순한 양처럼 연필을 잡는 데는 일 초도 안 걸렸다. 그리고 사상 처음으로 아이들은 한 시간 안에 그날의 일기를 끝마쳤다.

밤새도록 궁금증이 풀리지 않았던지 아홉 살짜리는 아침 식탁에서 내내 할머니 얼굴을 살폈나 보다. 아무리 봐도 눈앞의 할머닌 천사같이 보이기만 하는데 도대체 언제부터 착해진 걸까. 원래부터 착했다는 말을 수긍할 수 없었는지 손자는 기어코 마음속에 품었던 말을 하고 만다.

"아빠가 너무 불쌍해요. 너무 무서운 엄마하고 살았잖

아요."

자신의 엄마는 할머니처럼 무서운 엄마가 아니라는 사실이 정말 다행이라는 얼굴이다.

엄마를 팔아 자기 아들들 일기를 빨리 쓰게 만들고, 아들의 동정까지 얻어 냈으니 꿩 먹고 알 먹었네. 큰아들을 흘겨보니 아무 말도 못 들었다는 듯 딴청을 부리고 있다.

그런데 내가 정말 빗자루로 지들을 때린 적이 있었나. 나중에 체벌금지운동을 한 내가?

대충대충
살았어요

"최선을 다해 살았기 때문에 후회는 없습니다."

크고 작은 성취를 이룬 사람들이 미디어에 나와서 마지막에 꼭 하는 말이다. 이 말을 들을 때마다 난 항상 찔린다. 아무리 나 자신한테 후한 점수를 줘도 최선을 다해 살았다고 자신 있게 말할 수 없어서다.

그렇다고 해서 될 대로 되라는 식으로 아무렇게나 살았다는 뜻은 아니다. 나름 열심히 살긴 했는데 할 수 있는 모든 것을 쏟아부었느냐 하면 그건 아니라는 뜻이다. 정확히 말하면 열심히 대충대충 살았다고 하면 맞으려나.

예를 들면 학생 시절 시험공부를 할 때도 열심히 하긴 했지만 졸음이 오면 시험 범위까지 복습을 못했는데도 책을 덮고 그냥 잤다. 어려서부터 워낙 잠이 많은 데다 잠자는 걸 좋아했기 때문이다. 물론 나중에 점수가 나오면 최선을 다해 공부할 걸 하고 후회하면서 다음엔 아무리 졸려도 끝까지 훑어보고 자야겠다고 결심하지만 막상 그때가 되면 도로아미타불이다. 그 대신 졸음이 오기 전까지 시험 범위를 다 커버하기 위해서 짧은 시간에 초집중을 하는 습관을 들인 건 참으로 다행이라 하겠다.

대충대충 하는 버릇은 지금까지 남아서 아직도 모든 면에서 대충대충 살고 있는데 특히 글을 쓸 때 여실히 드러난다. 이런저런 일로 분망한 낮을 피해 아무도 방해하지 않는 밤 시간에 진득이 앉아 쓰면 좋으련만 아홉 시만 넘으면 잠이 쏟아져서 눈앞이 흐릿해진다. 그래서 예전이나 지금이나 변함없이 낮에 잠깐 틈이 날 때 컴퓨터 앞에 앉아 소나기처럼 자판을 두들겨 대니 글이 항상 날린다.

솔직히 요즘엔 낮에 집에 머무르는 시간도 적지 않건만 대부분의 시간을 TV 채널을 돌리는 데 쓰다가 마지못

해 컴퓨터를 찾기 일쑤다. 번쩍 하고 떠오르는 영감은커녕 엉덩이 힘까지 없으니 좋은 글이 나오긴 애저녁에 글렀다. 책이 나올 때마다 다음에는 대충대충 쓰지 말고 최선을 다하자고 마음을 다잡지만 제 버릇 개 못 주는 법이다.

대충대충은 살림에서도 마찬가지다. 청소도 대충대충 요리도 대충대충이다. 그러면서도 핑계는 잘도 끌어다 댄다. 아이 셋을 키우면서 청소까지 완벽을 기하려 했다면 나이 마흔에 사회로 나갈 엄두를 어찌 냈을 것이며 대충대충 요리를 해도 식구들이 잘 먹어 주니 굳이 솜씨를 발휘할 필요도 없지 않느냐고. 아니 아이 셋도 최선을 다해 키우려 하지 않고 대충대충 키웠기 때문에 지들이 스스로 컸지 않느냐고.

우리 며느리들은 나의 대충대충 살림에 하고 싶은 말이 많은데 차마 하지 못하고 속만 끓이는 경우가 꽤 많을 거다. 손주들이 기어 다닐 때 우리 집에 데리고 오면 며느리들은 청소용 티슈로 구석구석 먼지를 닦느라고 조용히 바쁘다. 냉장고에서 우유나 주스를 꺼내 주면 내 눈치를 살피면서 유효기간을 점검한다. 그런 모습이 안쓰러워 다음엔 손주가 오기 전에 구석구석 먼지를 털어 내고 냉장고도 점검해야지 하고 결심은 하는데 물론 실천까진 이어지지 않는다.

나에 비하면 남편은 훨씬 꼼꼼한 편이다. 결혼식이나 장례식에 입고 갈 정장 양복 한 벌을 사는 데도 한 번에 사는 적이 없다. 백화점을 두어 군데 다녀 보고도 선뜻 고르지 못한다. 이리 재 보고 저리 재 보느라고 며칠을 보내다가 결국 나한테 SOS를 친다. 백화점에 들어간 지 십 분도 안 돼서 내가 양복을 골라 주면 남편은 입이 떡 벌어진다. 양복이 마음에 들어서, 그리고 아내의 신속한 결단에 놀라서. 내 눈에는 남성복이란 게 모두 거기서 거기로 보이기 때문에 사이즈만 맞으면 아무 거나 상관없다 싶어 대충대충 고른 건데.

지난여름 미국에 갔을 때 큰아들 부부와 아울렛에 간 적이 있었다. 늦었지만 칠순 선물로 핸드백을 선물하고 싶으니 맘에 드는 걸로 골라 보라는 것이었다. 아이들 주머니 사정을 뻔히 아는 데다 다행히도 명품 알레르기가 있는 처지라 비교적 싼 가방 가게로 들어갔다. 수백 개의 가방이 진열된 가게를 훑어보며 다니던 중 딱 한 개가 눈에 들어왔다. 십 분도 지나지 않아서였다. 놀란 표정을 감추지 못하는 큰며느리에게 남편은 니네 시어머니가 원래 저런 사람이라며 어깨를 으쓱했다.

난 물건을 살 때 뭐든지 대충대충 고른다. 옷도 그렇고 식품도 그렇다. 길거리 옷 가게를 지나다가도 내 스타일이다 싶으면 입어 보지도 않고 산다. 대형 마트에서 과일을 산더미처럼 놓고 팔 때도 크고 좋은 걸 고르느라고 과일을 들쑤셔 보지도 않는다. 그냥 앞사람이 집었다 놓은 걸 바구니에 넣는다.

그렇게 평생을 대충대충 살아온 게 때론 마음에 걸리는 것이다. 최선을 다하지 못했다는 자격지심에 우울해지기도 한다. 그럴 때면 가까이 있던 사람들에게 고백성사처럼 넋두리를 하게 된다.

어떤 친구는 '네가 대충대충 살았다면 난 어떻게 살았단 말이냐'며 화를 내기도 하고, 어떤 친구는 '지금 나한테 너 잘났다고 자랑질이냐'며 빈정거린다. 위로는커녕 날 몰라주는 것 같아 야속하기만 하다. 그러다가 어느 날 한 친구에게서 이런 말을 들었다.

"대충대충 살았으니까 지금 이렇게 잘 버티고 있는 거야. 최선을 다하겠다고 용을 썼으면 벌써 지쳐서 쓰러졌을걸."

아늘 하나도 비슷한 말을 한 적이 있다.

"어머니가 대충대충 사신 건 사실인데요, 대충대충 살았는데 이 정도면 꽤 잘된 거예요."

아, 나는 어쩌면 이런 말을 기대하고 투정을 부렸던 건지도 모르겠다. 두 사람의 말을 듣자 내 맘속의 불만과 불안이 스르르 사그라든 걸 보면. 그래 대충대충 산 게 나한텐 최선이었어, 나는 나를 위로한다.

내게도
좌우명이

　한 매체로부터 나의 좌우명에 대한 글을 써 달라는 청탁 메일을 받았다. 사회 각계 명사들의 좌우명을 통해 젊은이들에게 격려와 비전을 제시해 주는 게 편집 의도라면서 그간 집필했던 명사들과 그들의 글을 첨부해 왔다.

　그 명단의 화려함에 지레 주눅이 들어 감히 쓰겠다는 답을 하지 못하고 그냥 묵살해 버렸다. 이메일의 장점은 즉답을 안 하면 거부 의사로 받아들여 더 이상의 액션을 취하지 않는다는 점이다. 전화처럼 밀당을 하면서 신경을 소모할 필요가 없어서 좋다. 휴대폰은 거의 모셔 놓고 사는 나 같은 구닥다리에겐 최상의 소통 수단이 이메일이다.

그런데 한참 지나서 다시 같은 청탁 메일을 받자 마음이 바뀌었다. 이번 글을 계기로 내 삶을 한 번 성찰해 보자는 아주 건설적인 생각이 들었던 것이다. 시시때때로 내가 너무 생각 없이 사는 게 아닌가 하는 반성을 하면서도 아이고, 생각한다고 뭐가 달라지나 그냥 살던 대로 살자는 쪽이 더 강했던 게 사실이었다.

게다가 다른 사람들의 글을 보니 노상 보고 들었던 내용들이라 은근히 마음이 놓이기도 했다. 오직 나만이 할 수 있는 멋진 말을 쓰려고 머리를 짜낼 필요가 없이 그저 평소에 읽고 봐 두었던 수많은 좋은 말들 중에 하나를 쓱 골라내자는 생각으로 청탁을 받아들였다. 길이도 마음에 들었다. 2백자 원고지 두 장이라니 이런 식은 죽 먹기가!

오산이었다. 머리에 떠오르는 좋은 말들이야 수십 수백 가지였지만 그 어느 것도 선뜻 나의 좌우명이야 하고 내놓을 순 없었다. 내가 어떻게 살아왔는지는 내가 가장 잘 알고 있는 탓이었다. 컴퓨터 앞에 앉은 지 몇 시간이 지나도록 난 한 글자도 두드리지 못했다.

오래전 라디오에 나가서 대담을 했을 때의 일이 떠올랐다. 그 얼마 전에 펴낸 자녀교육에 관한 책을 놓고 이야기를 나누던 중 진행자가 느닷없이 '선생님 댁 가훈은 무엇입니까?'라고 물었다. 난 당황했다. '결혼하고 이십 년이 지나도록 내가 꾸린 가정의 가훈을 무엇으로 할까 생각해 본 적이 없었구나'라는 놀라움 때문이었다. 아이들을 셋씩이나 키우는 사람이 이렇게 설렁설렁 살았구나 싶어 얼굴이 화끈거렸다.

맘 같아선 '가훈 같은 거 안 키워요'라며 엉터리 엄마의 진면목을 보여 주고 싶었지만 그때만 해도 지금보다 있어 보이고 싶은 욕망이 강하던 때였잖은가. 난 머리를 굴려 즉석에서 가훈을 제작해 냈다. 우리 가훈은 '각자 잘 살자'입니다.

'각자 잘 살자라고요?' 진행자는 쿡 웃음을 터뜨리더니 '그렇다면 콩가루 집안이네요'라며 친절하게 나름의 해설을 덧붙였다. 난 순간적으로 빈정이 상했다. 왜 자기 마음대로 우리 집을 콩가루 집안이라는 거야? 반발심은 두뇌 회전을 빠르게 만드는 원동력이다. 나는 겉으로는 있는 대로 교양을 부리면서 속으론 초고속으로 머리를 굴리면서 우리 가훈의 깊은 뜻에 대해서 썰을 풀었다.

집안 구성원 하나하나가 최선을 다해서 살면 결국 집안 전체가 잘 굴러가게 되어 있다. 많은 이들이 자신은 엉터리로 살면서 다른 식구들에게 이래라저래라 하기 때문에 분란이 생기잖는가. 각자가 잘 살면 다른 식구들에게 의존할 필요도, 군림할 필요도 없게 되니 저절로 가화만사성이 될 것이다. 우리 식구들은 모두들 '우리 집에선 나만 잘하면 돼'라고 생각한다. 그 얘기는 '내가 우리 집에서 제일 잘났어'라는 뜻이 아니라 다른 식구들은 다 잘하고 있으니 내가 누를 끼치면 안 되겠다는 뜻이다.

방송국을 나오면서 나는 즉석 제작한 가훈이 우리 집에 참 잘 어울리는 것 같아 기분이 꽤 좋았다. 물론 가족들 앞에서 가훈선포식 따위는 하지 않았으니 남편과 아이들이 이 가훈에 대해 어떻게 생각했는지는 지금도 모르겠다. 그러고 보니 지금 각자 가정을 이룬 아이들네 집안의 가훈이 뭔지에 대해서도 알려고 한 적이 없다. 아무려나, 나보다는 낫겠지.

새하얀 모니터만 들여다보고 있으려니 스스로가 참 한심하게 여겨졌다. 이 나이가 되도록 척 하고 내놓을 좌우명 하나도 없이 살아왔다니. 그러면서도 남들 앞에서 육아가 어떻고 인생이 어떻고 잘도 떠들어 댔군. 이런 엉터리가 그래도 통해서 말도 팔리고 글도 팔리니 대한민국도 참 허술하구나.

그로부터 꼬박 이틀 동안 나는 내가 살아온 칠십 년을 찬찬히 돌이켜 보았다. 내가 칠십 년을 살아오면서 고비고비마다 해 왔던 선택들, 학교와 직업과 결혼 그리고 출산과 육아와 만학, 그리고 그밖의 갖가지 활동들이 어떤 원칙이나 기준에 따라 이뤄졌는지에 대해서 하나하나 짚어 보았다.

답이 나왔다. 나는 언제나 '지금, 여기'서 내가 하고 싶은 일과 할 수 있는 일의 접점을 찾았다. 지금 하는 이 선택이 나중에 어떤 결과를 가져올지에 대해선 예측도 우려도 하지 않았다. 결혼도 그랬고 육아와 만학도 그랬다.

결혼은 이상이 아니라 현실이라는 주위의 조언도 귀에 담지 않았고, 쪼들리는 살림에 애를 셋이나 낳느냐는 우려도 묵살했고, 지금 비싼 돈 들여 공부하면 누가 교수 시켜 주냐는 비아냥도 웃어넘길 수 있었던 것, 그건 모두 '지금, 여기'만 바라본 덕분이었다.

더불어 뒤늦게 깨달은 사실이 하나 있다. 나의 좌우명이 '지금, 여기'가 된 데는 부모님의 영향이 절대적이었다는 사실이다.

나의 부모님은 궁핍한 살림에도 늘 웃었다. 아버지의 말씀에는 늘 유머가 넘쳤고 말주변이 별로 없었던 어머니는 항상 말보다 웃음이 앞섰다. 어머니는 내 기억 속에 '깔깔깔깔' 웃음소리로 남아 있다. 온 세상이 못마땅했던 사춘기 때 난 아버지의 유머에 짜증을 냈고 어머니의 대책 없는 웃음에 한숨이 났다. 북의 가족과 떨어져 단둘이 남하한 부모님은 이루지 못할 꿈에 대한 그리움으로 가슴앓이를 하는 대신 '지금, 여기'에서 당신들이 이룬 것들에 만족하고 행복해했던 것이다. 당신들이 이룬 가족과 집 그리고 일을.

하지만 나는 아직 완전히 부모님을 닮지는 못했다. '지금, 여기'에 충실하려고 한다면서도 내가 갖지 못한 것들에 대한 욕심이 여전히 꿈틀거린다. 욕심이란 놈 참 질기다.

아무튼 짧디짧은 글 한 편을 겨우 마감하면서 난 오늘도 엄청나게 많은 것을 배운 기분이다.

삼시
세끼

집에 있는 날은 삼시 세끼 챙겨 먹는 게 큰일이다. 나 혼자 있으면 그나마 쉬운데 날이 갈수록 남편과 함께 세 끼니를 해결해야 하는 날이 늘어나니까 점점 큰일이 되어 간다.

게다가 남편 사전에는 평생 한 끼 정도 거르거나 아니면 대충 때운다는 말이 존재하지 않는다. 점심을 거하게 먹은 날은 저녁은 걸러도 좋으련만 절대 안 된다고 난리다. 저녁 한 끼를 굶으면 마치 아침에 못 일어날 거 같은 기분인가 보다.

언제부터인가 내가 삼시 세끼 차려 먹는 일을 귀찮아하고 때로는 짜증을 내기 시작하자 남편은 도무지 이해가 가지 않는다는 눈치였다. 주부 경력 오십 년이면 그까짓 밥쯤이야 이젠 눈 감고도 척척 차려 낼 수 있을 만큼 숙련되었을 테고 먹성 좋던 아이들 셋 해 먹이던 시절에 비하면 노동량이 반도 안 될 텐데 왜 저러나 하고 불쾌감까지 내비쳤다.

젊었을 때는 술 먹고 밤 열두 시에 들어가도 '밥 줘!' 한 마디에 냉큼 가스불로 냄비 밥을 대령하던 아내, 아무리 이른 새벽에도 된장찌개에 돼지불고기까지 한 상 떡 차려 바치던 아내가 아니었던가. 도시락을 다섯 개씩 싸면서도 힘들다는 말 한 마디 없었던 아내였기에 아, 이 여자는 천성적으로 식구들 밥해 먹이는 걸 행복으로 여기는 여자인 줄 알았는데, 뒤늦게 뒤통수를 얻어맞은 느낌이 드나 보았다.

물론 아이들이 엄마가 해 주는 건 뭐든지 맛있다며 아구아구 먹어 댈 때면 너무 흐뭇하고 행복해서 눈물이 나기도 했지만 그걸 내 천성이라고 생각해 본 적은 없었다. 단지 식구들을 잘 먹여야 한다는 책임감이 컸던 것뿐이다.

지금 이 나이에도 부엌에 있을 때가 가장 행복하다는 친구도 있지만 난 아니다.

그러니 아이들이 다 떠나고 둘만 남게 되자 아무것도 아니었던 삼시 세끼가 갑자기 짐덩어리로 느껴진 건 나로선 너무나 당연한 수순이다. 설상가상으로 남편이 내가 예상했던 것보다 너무 이른 나이에 집으로 돌아와 버린 상황이었다.

감히 말한다. 삼시 세끼만 아니라면 황혼 이혼이 대폭 줄어들 거라고. 황혼 이혼의 증가율이 젊은 부부의 이혼율을 따라잡은 데에는 여러 요인이 있겠지만 내가 생각하기에는 삼시 세끼를 둘러싸고 일어나는 갈등도 만만치 않다고 본다.

아내가 은퇴한 남편을 부담스러워하는 이유는 단순히 하루 종일 얼굴을 맞대고 살기 때문이 아니라 남편의 삼시 세끼를 차려 줄 일이 힘들고 귀찮기 때문이다. 남편이 아내의 외출에 일일이 토를 달고 간섭을 하는 이유도 아내로부터 삼시 세끼를 얻어먹는 게 당연한 권리라고 믿기 때문이다. 그래서 아내는 집에 있어도 마음이 불편하고 외출해서도 마음이 편치 않고, 남편은 아내의 외출을 자신을 무시하는 행위로 받아들인다.

그야말로 젊어서나 늙어서나 그놈의 밥이 웬수다. 아무튼 남편이 돌아온 초기에는 한참 동안 삼시 세끼를 둘러싸고 서로 신경이 곤두섰던 것 같다. 난 매끼를 차릴 때마다 부당 노역을 당하는 심정으로 대놓고 툴툴거렸고, 남편은 그런 밥을 얻어먹는 게 몹시도 치사하게 여겨졌겠지만 그렇다고 자기가 밥상을 차릴 능력도 의지도 없는 처지니 눈치만 살필 뿐이었다.

만약 내가 남편의 입장이었다면 당장 요리 학원에 등록했을 거 같다. 그러곤 아내 앞에서 보란 듯이 폼을 쟀을 거다. 너 따위 없어도 난 얼마든지 잘 먹고 잘 살 수 있다고. 하지만 우리 집에 그런 일은 결코 일어나지 않았다.

신경전도 시간이 약이었다. 삼시 세끼 해결에 스르르 타협이 이루어졌다. 아침은 초간단으로, 점심은 함께 혹은 따로 외식으로, 그리고 저녁은 대부분 집에서 먹는 걸로. 물론 예외도 없지 않았지만 대충은 잘 지켜지고 있는 편이다.

문제는 점심이다. 서로 스케줄이 있어서 따로 해결할

때는 아무 문제가 없는데 둘 다 집에 있을 땐 매번 무얼 먹을지 메뉴를 고르는 게 점점 힘들어져 간다. 미디어에 소개된 맛집 탐방차 멀리 가는 경우도 간혹 있지만 그것도 여간 번거로운 일이 아니다.

결국 집을 중심으로 원을 그려 그 안에 있는 음식점을 찾아다니는데 이게 또 간단치 않다. 각자 그때 기분에 따라 먹고 싶은 음식의 종류가 다르고 둘 다 마음에 드는 집도 아주 드물 뿐더러 마음에 들었다고 해서 한 번 갔던 집을 연거푸 가기도 싫으니 끼니마다 난관이다. 서로 의견이 안 맞아 싸우다 지치면 그냥 집 앞 반찬 가게에서 파는 김밥이나 사다 먹자고 타협하는 때도 가끔 있다.

얼마 전 하루에 한 끼만 먹는다는 사람을 만났는데 몸이 얼마나 강건하던지 경탄스러웠다. 우리도 하루 한 끼, 아니 두 끼로 줄일 수 있다면 사는 게 훨씬 편할 텐데. 남편에게 말했더니 그저 웃기만 한다.

생각해 보니 한창 젊었을 때 친구들끼리 모여 미래에 대한 대책을 강구하던 때가 떠오른다. 나중에 늙으면 공동으로 집을 짓고 공동 부엌을 만들어 돌아가면서 밥을 해 먹자고 의기투합했었다.

정작 나이 드니 그것조차 번거롭게 느껴진다. 누구도 선뜻 나서지 않는다. 그렇다면 정답은 식당이 완비된 실버하우스로 들어가는 걸까. 하지만 그것도 편차가 크다니 선택이 쉽지 않을 듯하다.

젊은 남자들이 시골에 내려가 삼시 세끼를 해 먹는 게 전부인 〈삼시 세끼〉라는 예능 프로를 볼 때마다 난 구시렁거린다. 그래, 며칠이니까 니들이 그렇게 즐겁게 해 먹지, 평생 그렇게 해 먹어 봐라.

그러면서도 마음 한구석이 켕기기도 한다. 언젠가 밥해 먹을 힘도 없어지면 그땐 '귀찮으니 힘드니 했어도 삼시 세끼 해 먹을 때가 좋았었지'라며 지금을 그리워하겠지.

어쩌겠어, 사는 게 그런 거지 뭐.

드라마에
빠지다

　한때는 드라마에 빠져 지내던 시기도 있었다. 옛날 옛적 〈수사반장〉도 놓치지 않았고 〈전원일기〉를 못 보면 세상이 무너진 듯 허전했다. 매주 최소 한 번은 최불암 씨 얼굴을 만나다 보니 실제로 오래 사귄 이웃같이 느껴져서 언젠간 옛 명동 국립극장 앞을 지나다가 하마터면 얼싸안을 뻔한 적도 있었다. 그땐 아직 결혼도 하지 않은 새파란 아가씨였다. 아차, 제정신이 돌아오자 얼마나 창피하던지 누가 볼세라 냅다 도망쳤다. 한참 동안 얼굴이 홧홧해서 땀을 뻘뻘 흘렸다. 요즘 같으면야 부끄럼은커녕 팔짱을 낀 사진을 SNS에 올려 자랑질을 했을 텐데.

드라마가 없었다면 퇴사 후 아이 셋과 씨름하며 꼼짝 없이 집에 갇혀 지내던 시절의 고달픔과 막막함을 뭘로 해소했을까. 날이면 날마다 줄줄이 애들을 달고 모였던 동네 친구들과의 수다도 대부분 어제 본 드라마 감상평으로 채워지기 일쑤였다.

그랬던 내가 드라마에 정나미가 떨어지기 시작한 건 다시 학교에 들어가 여성학 공부를 하면서부터였다. 이제까지 아무 의심 없이 빠져들었던 스토리와 장면들이 슬슬 눈에 걸리고 귀에 거슬리는 게 아닌가. 드라마에선 하나같이 남자는 하늘로 여자는 땅으로 그려지고 있었다. 아무리 똑똑한 여자라도 남자의 사랑을 못 얻으면 헛산 인생이고 남자에게 고분고분하지 않은 여자는 악녀였다. 아무리 포악스런 난봉꾼 남편도 인내와 희생으로 받들고 살다 보면 결국엔 돌아오게 마련이니 여자들이여, 참고 참고 또 참아라.

이게 바로 세상이 요구하는 여성 이미지구나. 나 역시 이제까지 한 점 의혹도 없이 그 이미지에 맞추려고 무던히 애써 왔구나. 난 많이 배운 여자이기 때문에 세상 돌아가는 이치를 잘 안다고 자부했었는데 그동안 환상과 착각 속에 살았구나. 마흔이 되어서야 진실의 문고리를 잡았던 그때의 충격이 기억난다.

아무튼 나도 한때는 그 안의 일원이었지만 매스미디어가 성차별석인 남녀 관계를 그대로 재현할 뿐만 아니라 확산시키는 데 큰 몫을 한다는 사실을 깨달으면서부터 난 여태까지 누렸던 몰입과 재미를 포기해야 했다.

게다가 공부를 끝내고 연구원 생활을 할 때 두 번에 걸쳐 수행한 연구 주제가 바로 매스미디어에 나타난 성차별주의였으니 드라마와의 허니문은 파경으로 치달을 수밖에. 거의 이 년 동안을 꼬박 드라마를 녹화해 산산이 쪼개서 분석하고 또 분석하는 일에 매달렸다. 얼마나 몰두했던지 나중엔 메스꺼울 지경이었다.

여성의 법적 지위도 나아지고 인권 의식도 높아짐에 따라 자연히 드라마에 나오는 여성의 이미지엔 많은 변화가 있었던 게 사실이다. 자율적이고 주체적인 여성들이 드라마의 주인공으로 등장하기 시작했다. 전에는 으레 부엌을 중심으로 뱅뱅 돌던 여성들이 거침없이 바깥으로 나왔다.

하지만 나의 드라마에 대한 사랑은 되돌아오지 않았다. 아무리 인기를 끌고 이슈를 몰고 다니는 드라마라도 전혀 끌리지 않았다. 사람들과의 대화에서 나만 못 끼는 경우도 많았지만 일부러 찾아보고 싶은 마음은 눈곱만큼도 없었다. 앞으로도 영원히 드라마를 안 보더라도 아쉬울 것 같지 않았다. 드라마 볼 시간이 있으면 그 시간에 뒹굴뒹굴하면서 멍 때리는 쪽이 한결 낫다 싶었다.

그랬던 내가 드라마 방영 시간에 맞춰 서둘러 귀가하는 드라마광으로 귀환한 건 막내아들이 드라마피디가 되면서부터였다. 솔직히 막내가 대학에 들어가기 직전까지만 해도 드라마피디가 될 줄은 짐작도 못했다. 대학 시절 연극반에서 연출가의 역할이 뭔지 경험했던 나로서는 얌전한 성격의 막내가 드라마피디의 이미지에서 멀리 벗어나 있다고 여겼기 때문이다.

때문에 막내가 진로를 상의하던 고3 때 불쑥 영화감독이 되고 싶다는 예상 외의 대답을 내놓았을 때 솔직히 놀랐다. 물론 나는 평소에도 사람은 하고 싶은 일을 하면서 밥을 먹어야 행복하고 그게 바로 성공한 인생이라고 확신

하면서, 젊은 엄마들에게도 제발 엄마 뜻대로 키우려고 아이 뜻을 무시하지 말라며 떠들고 다닌 엄마였기에 대놓고 놀란 표정은 짓지 않았다.

하지만 남편은 달랐다. 남편은 늘 말없이 웃기만 하는 '착하디착한' 막내가 어떻게 개성 강한 많은 사람들과 부딪치면서 작품을 만들어 내야 하는 감독이란 '험한' 일을 감당하겠느냐며 고개를 저었다. 그가 생각하는 막내아들은 착실한 공무원으로 사는 게 딱 적성이었다.

그러나 어렸을 때부터 '천사표'라 불렸던 막내도 두 형과 마찬가지로 부모의 말에 귀 기울이는 제스처조차 보이지 않았다. 여전히 착한 미소를 띤 채 영화감독이 되고 싶다는 말만 되풀이했다. 남편은 막내의 뜻을 돌리려고 애썼지만 난 막내가 영화감독이 돼도 잘할 거라며 설득하기 시작했다. 착하고 수줍기는 하지만 누구하고도 다투지 않고 잘 지내는 성격에다 형들이 없을 때도 심심해하지 않고 자기 방에서 혼자 몇 시간씩 일인다역 놀이를 하는 걸 보면 의외로 감독이 적성에 맞을지도 모르겠다고. 남편은 아들의 선택이 잘못된 것 같으면 엄마가 나서서 설득해야 하는

데 이번에도 무조건 아들 편을 든다며 화를 냈지만 어쩌랴, 아들이 하겠다면 하는 거지.

대학 졸업 후 막내는 영화계로 가는 대신 방송국에 들어갔다. 그리고 몇 년간 조연출을 맡다가 드디어 아들이 연출을 맡은 드라마가 방영되는 날 저녁 나는 엄마로서 철저한 모니터링을 해 주겠다는 각오로 화면을 뚫을 듯이 쏘아보았다.

그건 불가능한 임무였다. 스토리가 어떻고 연기가 어떻고 전혀 생각할 여유가 없었다. 배우의 얼굴이 안 보이고 배경만 보였다. 특히 많은 군중이 등장하는 신에선 '저 장면 하나를 찍기 위해 얼마나 신경을 쓰고 힘이 들었을까'라는 안타까움이 앞서서 도대체 몰입할 수 없었다.

시청자로서 드라마를 즐겨 보게 될 때까지 거의 십 년이 걸린 것 같다. 그런데 이번에는 시청률에 웃고 우는 엄마가 되고 말았다. 막내아들이 알면 울 엄마가 왜 이렇게 변했냐고 놀리기 딱 좋게 됐다.

인터넷 댓글이나 시청자 소감도 빠지지 않고 본다. 호평에는 그러면 그렇지 하고 우쭐하다가도 악평에는 그렇게 보기 싫으면 안 보면 될 거 아니냐면서 구시렁거린다. 방영 중일 때 여행을 떠나 드라마를 볼 수 없을 땐 기를 쓰고 인터넷을 검색해서 전날의 시청률을 확인하는 극성 엄마 노릇도 불사한다. 심지어 시청률이 최고로 올랐을 때는 그렇게 문자에 인색한 엄마가 축하 문자까지 보낸다. 언제부터 그렇게 아들 일에 열성이었는지, 참 별일이다.

문자를 받으면 막내는 그 바쁜 중에도 고맙다는 답신을 잊지 않는다. 아마 속으로는 아, 우리 엄마도 이렇게 늙어 가는구나 싶어서 코끝이 시큰할지도.

멈춰라,
시간아

아들의 콘서트에 간 적이 있느냐는 질문을 받을 때가 종종 있다. 그 질문에는 당신처럼 공개적으로 자식을 '믿는 만큼 자란다'는 핑계로 내팽개쳐 키운 엄마라면 아마 아들의 콘서트에 따라다니는 극성을 부리지는 않겠지 하는 뉘앙스가 깔려 있다.

'상당히 자주 가요'라고 답하면 의외라는 표정 대신 '당신도 별수 없는 대한민국 엄마'라는 동정인지 비아냥인지 헷갈리는 반응이 나온다. 내가 순전히 엄마의 자격으로 아들의 콘서트를 모니터링하기 위해 젊은 애들만 떼로 모여 있는 시끄러운 곳을 억지로 간다고 짐작하는 것 같다. 그 짐작은 일부는 맞지만 대부분은 틀리다.

아들이 첫 공연을 하던 이십 년 전, '어머니 아버지는 오실 데가 아니에요. 시끄러워서 못 견디실 거예요' 하며 딱 잘라 초대를 거절했을 때 난 잠깐 고민했다. 아들의 말을 액면 그대로 받아들이면 나이 든 부모에 대한 깊은 배려인 것도 같고 한편으로는 통통 뛰는 젊은 애들 속에 머리 허연 부모가 앉아 있다는 사실이 심적으로 부담스럽겠구나 십분 이해가 갔다.

그렇지만 아들의 공연은 내게도 첫 경험이 아닌가. 음반을 내고 대중 가수가 된 것도 신기한데 콘서트까지 한다니 이렇게 신기한 일이 또 어디 있겠는가. 본인만큼이야 아니겠지만 나 역시 흥분되고 긴장됐다. 하지 말라고 하면 더 하고 싶어 하는 건 아이들뿐만이 아니다. 나이 먹으면 좀 줄어들긴 하지만 호기심이란 놈은 쉬이 수그러들려 하지 않는다. 아들이 오지 말라고 막자 가고 싶은 마음은 더 커져 갔다.

그래, 가는 거야. 표를 주지 않으면 사서 가면 되지 뭐.

평소 보고 싶은 공연은 많아도 예약하기가 귀찮아 많은 것들을 포기하고 사는 데 익숙한 나였다. 그랬던 내가 아들의 첫 공연을 놓칠세라 마음이 달아올라 당장 예약전화를 돌리다니 지금 생각해도 참 기특하다. 자식이 위기에 처하면 본능적으로 발휘된다는 엄마의 초능력이 그런 건가.

대학로의 소극장. 매표소 앞에서 우리를 알아본 매니저는 놀란 빛이 역력했다. 표를 사서 왔다고 하니 더 놀란다. 난 초대권을 받지 않고 돈을 내고 표를 샀다는 사실이 자랑스러웠다(하지만 두 번째 공연 이후 지금까지 나는 표를 살 기회가 없었다. 엄마의 막무가내 습격에 질렸는지 아들이 꼬박꼬박 초대권을 주기 때문이다).

솔직히 아들의 첫 공연을 앞두고 느꼈던 흥분과 긴장 속에는 궁금증과 더불어 걱정도 많이 섞여 있었다. 혹시 컨디션이 안 좋으면 어떻게 하나, 지나치게 긴장하면 어떻게 하나, 실수라도 하면 어떻게 하나, 청중들 반응이 미지근하면 어떻게 하나 등등 셀 수 없는 걱정거리들. 어차피 내가 해 줄 수 있는 건 아무것도 없다는 걸 너무나 빤히 알고 있으면서도 그런 걱정이라도 해야 그나마 엄마 자격이 있다는 인증을 받기라도 하듯 마음을 졸였다.

물론 모든 걱정이 그렇듯이 '몽땅 쓰잘데없는 걱정'이었다. 아들은 엄마가 걱정해 줄 아이가 아니었다. 그는 노련한 선수처럼 무대를 장악하고 즐겼다. 중간에 게스트와의 대화에서 '오늘 우리 부모님이 개석에 오셨습니다'는 멘트까지 날릴 정도로 여유를 보였다. 역시 아이들은 부모가 생각하는 것보다 훨씬 큰 능력을 갖고 있다.

걱정 안 해도 공연을 잘할 테니 다음부터는 맘 놓고 집에 있으라고? 그게 아니라 공연한 걱정으로 아들의 콘서트를 즐기지 못한 아쉬움을 보상받기 위해서 두 번째 공연부터는 맘 놓고 즐기기로 했다. 아들이 첫 음반을 냈을 때부터 이미 나는 아들의 팬이 되었기 때문이다. 아들의 노래를 처음 들었을 때 난, 이제 겨우 스물을 갓 넘긴 아이가 나이 든 엄마가 공감할 수 있는 가사를 쓴다는 게 경이로웠다. 귀엽게만 보았던 내 아들은 나도 모르는 새 애늙은이가 되었나 보았다.

엄마로서, 그리고 팬으로서 객석에 앉아 있는 느낌은 한마디로 표현하기에는 너무 오묘하다. 열광하는 젊은 팬들과 함께 일어서서 몸을 흔들며 노래를 따라 부를 땐 온몸에 전율이 느껴진다. 그 순간만은 오래전에 부서져 간 젊음의 파도에 올라탄 기분이다.

콘서트에서 듣는 노래는 들을 때마다 다르게 들리는 것도 신비한 경험이다. 노래는 마치 생물체 같아서 때와 장소와 사람들 그리고 분위기에 따라서 다른 색깔로 비치는가 보다. 콘서트에 아무리 자주 가도 항상 새롭게 여겨지는 이유가 그것이다.

때로는 콘서트 중간에 갑자기 팬에서 엄마로 돌아오는 순간이 있다. 몰입해서 노래하는 아들의 얼굴에 어릴 적 얼굴이 오버랩되는 순간이다. 특히 입을 크게 벌리고 높은 음을 낼 땐 어김없이 세 살 적 얼굴이 겹쳐 보인다. 〈마루치 아라치〉라는 영화를 보러 갔을 때였다. 주제가가 나올 때마다 어김없이 방방 뛰면서 얼마나 크게 노랠 따라 불렀던지 옆사람들이 눈치를 주었을 정도였다. 하지만 아이는 아랑곳하지 않고 입을 짝짝 벌리며 노래 부르는 데만 몰입했다. 지금 저 모습이 바로 세 살 때 모습이었다.

지난 2월의 마지막 날, 제주시. 그날은 아들이 일 년 동안 계속해 온 소극장 투어의 마지막 공연일이었다. 나는 그날 그곳에 있었다. 당시 나는 몸 상태가 상당히 좋지 않았다. 목에서 시작된 감기가 온몸으로 번지고 있었다. 항공편과 숙소 예약을 취소할까 생각해 보기도 했지만 그때 가면 괜찮아지리라 안이하게 생각한 게 오산이었다. 비행기에서부터 악화되더니 숙소에 도착했을 땐 몸져누울 지경이었다. 타지에서 앓아눕는 처지가 되자 마음도 울적해져 애꿎은 남편에게 짜증을 부렸다.

그러나 콘서트를 포기할 순 없었다. 나는 기력을 짜내 외출 준비를 하고 남편을 채근했다. 처음엔 공연히 억지를 부렸구나 후회될 정도로 머리가 어지러웠다. 그런데 이게 웬일인가. 한 곡 한 곡 끝날 때마다 몸속의 피가 생기를 찾아가는 느낌이 들었다. 〈걱정 말아요, 그대〉를 부를 때는 눈물이 쉴 새 없이 솟아 나오면서 몸과 마음이 가뿐해져 갔다. 결국 팬들이 일어서서 〈하늘을 달리다〉를 떼창으로 부를 땐 나도 따라 부르고 있었다.

노래는 힘이 있다, 치유의 힘이. 나는 행복했다. 너무 행복해서 외치고 싶었다. '멈춰라, 시간아.'

스마트한
세상 속으로

모임이 있어 횟집에 갔다. 젊은이들이 많이 모이는 거리에 있는 집이었다. 우리보다 조금 늦게 이십 대로 보이는 남녀가 들어와 건너편에 앉았다. 상을 앞에 두고 마주 앉는 게 아니라 나란히 앉았다. 주문을 한 후 그들은 나란히 스마트폰을 들여다보기 시작했다. 커다란 접시에 회가 그득하게 나올 때까지 서로 한마디의 대화도 없이 그 자세 그대로였다.

회가 나오자 둘은 똑같이 접시 위로 스마트폰을 들이대고 사진을 찍었다. 그러곤 회를 한 점씩 집어먹더니 다시 스마트폰을 들여다보면서 손가락을 부지런히 움직였다. 나란히 앉아서 아무 말도 하지 않고 스마트폰만 들여다보다가 회를 먹다가 하는 모습이 내 눈엔 낯설다 못해 괴이하게까지 보였다.

문득 오래전 개그콘서트에서 보았던 〈대화가 필요해〉라는 코너가 떠올랐다. 부부가 굳은 얼굴로 묵묵히 밥만 먹다가 툭툭 한마디씩 던지는 말이 서로의 신경을 긁어 결국 치고받는 싸움으로 번지던 내용인데 초창기부터 개그콘서트의 열혈 시청자였던 내겐 지금까지 최고의 코너로 기억되고 있다.

내가 식사와 대화를 하는 틈틈이 그 젊은이들을 엿보면서 신기해하자 일행 중 젊은 축에 속하는 후배가 심드렁한 어조로 '그렇게 이상하게 보이세요? 요즘 데이트족은 대부분 저래요'라고 한다.

오래된 부부 간이면 몰라도 연애 중인 젊은이들이 저렇게 할 얘기가 없느냐고 물으니 후배는 '아마 지금 저 스마트폰으로 대화를 하고 있을걸요'라고 한다. 한쪽에서 '회 맛있지?' 하고 메시지를 보내면 '응, 맛있는 편이네'라고 답신을 보내고 있을 거란다. 그러면서 '농담 아니에요'라는 말을 덧붙인다. '당신도 어쩔 수 없는 구세대군요'라는 표정이다.

그러고 보니 요즘엔 집 안에서도 식구들끼리 말 대신 카톡을 보낸다는 말을 들은 적이 있다. 식사 시간이 되면 엄마가 자기 방에 있는 아이를 부르지 않고 '밥 먹자' 하고 문자를 보낸다는 거다.

아니 명절날 시댁에 간 며느리가 시어머니 몰래 남편에게 친정집에 가자고 신호를 보내는 거라면 또 이해가 가지만 이건 또 무슨 시츄에이션인지. 이러다가 가족 간에 아예 대화가 없어지는 게 아닐까. 하긴 가족 간에 대화가 단절된 게 어디 어제오늘의 일이겠는가.

아무튼 요즘 젊은이들은 스마트폰과 열애 중인 것 같다. 완전히 일심동체다. 지하철이나 버스에서 승객들을 살펴보면 하나같이 스마트폰을 들여다보느라고 고개를 수그리고 있다. 그 덕분에 요즘은 지하철이나 버스를 타도 조용해서 좋다. 휴대폰이 막 보급되던 때는 너도나도 큰 소리로 통화를 하는 바람에 어찌나 시끄럽던지 대중교통을 타기가 겁이 날 정도였는데. 참 대단한 우리나라다.

그런데 스마트폰과 사랑에 빠진 것도 좋지만 때와 장소는 좀 가렸으면 싶을 때가 종종 있다. 특히 번잡한 대로에서 길을 건널 때는 제발 앞을 보고 걸었으면 좋겠다. 말 그대로 노파심이 드는 것이, 횡단보도를 내려설 때는 혹시 발을 잘못 디디면 어쩌나 싶어 걱정이고 횡단보도에선 다른 사람들과 부딪치면 어쩌나 걱정이다. 그 젊은이는 의도치 않게 한 나이 든 여성의 수명을 단축시킨 것이다.

도대체 위험을 무릅쓰고 꼭 그 시간 그곳에서 보아야 할 내용이 무얼까 궁금해서 앞서가는 젊은 여성의 스마트폰을 슬쩍 넘겨봤더니 맙소사, 어젯밤에 방영했던 예능 프로였다. 정말 촌음을 아껴 쓰는 젊은이들이 많아도 너무 많다.

남의 얘기할 것도 없다. 우리 집에서도 비슷한 풍경이 연출되곤 한다. 손주들이 저희들끼리 놀고 있을 때면 아들 며느리들은 하나같이 스마트폰을 만지작거리고 있다. 남편도 마찬가지다. 그러다가 내가 화제를 꺼내면 스마트폰에서 눈을 떼지 않고도 척척 응대를 한다. 모두가 멀티플레이어다.

가족 중에서 유일하게 만만한 남편에게 도대체 뭘 그리 열심히 보고 있느냐고 물으니 뉴스를 본단다. 아니 방에 들어가서 컴퓨터를 보면 되는데 왜 그 조그만 화면을 들여다보느라고 가뜩이나 좋지 않은 눈을 혹사시키는지 알다가도 모를 일이다. 남편이 아침에 일어나 제일 먼저 하는 일은 스마트폰에서 오늘의 날씨를 검색하는 것이다.

남편만 스마트폰을 애지중지하는 건 아니다. 내 친구들만 해도 스마트폰 활용에 도가 텄다. 돈 안 드는 카톡방을 통해 온갖 소식을 주고받는다. 모두가 스마트하게 사는 세상에서 스마트하기를 거부했던 나는 나도 모르는 새 왕따가 되어 있었다.

사적으로 왕따 되는 거야 감수할 수 있었지만 공적으로 내가 민폐를 끼친다는 비난을 받았을 땐 더 이상 버틸 재간이 없었다. 단체 카톡으로 연락하면 간단한 일을 꼭 따로 문자를 보내거나 통화를 해야 하게 만든 건 단체 구성원으로서 바람직하지 않은 일에 틀림없으니까.

비록 등을 떠밀리긴 했지만 나도 드디어 스마트한 세상 속으로 들어가는 중이다. 과연 적응할 수 있을까.

함께
늙어 가는 재미

결혼 생활이라는 게 참 그렇다. 시시때때로 후회와 만족 사이를 오간다. 결혼 안 했으면 얼마나 자유로웠을까 한탄하다가도 어느새 내 주제에 그나마 결혼이라도 했으니 이만큼 살았지 하며 스스로를 다독인다. 사는 게 참 괜찮다 싶을 때는 결혼하기를 잘한 것 같고, 사는 게 괴롭다 싶을 때는 모든 게 결혼 탓인 것 같다.

남편에 대한 생각도 늘 변한다. 사람은 분명 같은 사람인데 어떨 때는 참 괜찮게 보이다가도 어떨 때는 정말 못마땅하다. 아득한 반세기 전, 한창 연애에 빠졌을 땐 분명 맘속에 칼을 품은 남자처럼 멋있어 보였다. 휠 듯이 호리호리한 몸매에 안색은 그야말로 병든 인텔리겐차처럼 창백했으니 누가 봐도 허약 체질이라고 단정할 남자였다. 그러나 눈빛만은 형형했다. 또래 젊은 남자들처럼 촐랑대지 않고 입을 다물고 있어도 카리스마가 느껴졌지만 여흥 시간엔 프로 코미디언 저리 가라 할 정도의 개그를 구사하는데다 노래까지 잘했으니 스물 갓 넘긴 문학소녀가 어찌 홀려 들지 않을 수 있었으랴.

하지만 그런 눈빛과 아우라는 순전히 전시용이자 미끼였나 보았다. 알고 보니 남편의 맘 속에는 칼은커녕 스폰지 몽둥이도 없었다. 그는 세상에 아무 욕심이 없는 사람이었다. 도대체 그런 눈빛을 가진 사람이 아무런 욕심이 없다는 게 내겐 지금까지도 불가사의다.

결혼하자마자 현실의 냉혹함을 알아차린 내가 앞으로 어떻게 살아갈지 계획을 세우자고 할 때마다 그는 묵묵부답 딴청을 피웠다. 심지어는 순수했던 아내가 속물스럽게 변한 게 딱하게 보였는지 측은하다는 듯한 눈빛을 보냈다. 나는 하루아침에 소크라테스와 결혼한 크산티페가 된 기분이었다. 어느 날 당신의 삶의 목표는 무어냐는 내 물음에 그는 놀라운 대답을 내놓았다. 자기 목표는 이미 이루어졌단다. 나하고 결혼했기 때문에.

내 결정적인 실수는 그 말을 듣는 순간 웃음을 터뜨렸다는 사실이다. 남편으로 하여금 내가 너무 행복해서 웃는 걸로 받아들이게끔. 글쎄 내가 한 남자의 삶의 목표라는 사실에 무감각하기만 했다면 거짓말이겠지만 그의 오해처럼 행복해서 웃은 건 절대 아니었다. 기가 막혔다. 이 사람은 출발도 하기 전에 은퇴를 한 사람처럼 살려는 게 아닐까. 앞으로 오순도순한 결혼 생활이 아니라 티격태격한 결혼 생활이 전개되리라는 불길한 예감이 들었다.

그럼에도 불구하고 남편에 대한 기대는 쉽게 접히지 않았다. 말이 그렇지 젊은 사람이 어떻게 목표를 세우지 않고 살 수 있을까. 내가 지레 안달을 떠는 것 같으니까 아예 입을 닫게 하려고 충격요법을 쓴 거라고 믿고 싶었다.

그러나 불길한 예감은 틀리지 않는다고 했던가. 제대를 앞두고도 앞날에 대한 준비를 전혀 안 하는 것 같아 나름대로 제안을 해 보았다. 대학 시절 그토록 좋아했던 연극을 계속 해 보면 어떻겠느냐, 공부를 하고 싶다면 유학 뒷바라지도 할 용의가 있다고. 그는 단호하게 싫다고 했다. 자기는 아무 욕심 없으니 그냥 평범하게 살겠단다. 내가 남편을 좋아한 데는 그가 평범하게 보이지 않는다는 이유가 가장 컸기 때문에 많이 놀랐지만 자기 인생 자기가 사는 건데 내가 무슨 말을 하랴. 나 역시 평범한 삶이 가장 행복한 삶이라고 믿어 왔던 터다.

제대 후 남편은 작은 무역 회사에 취업했다. 나의 예상과는 달리 그는 마치 태어날 때부터 성실한 회사원에 최적화된 사람 같았다. 누가 봐도 일을 즐기는 것처럼 보였고 거래처 사람들과도 화기애애하게 지냈다. 거의 매일 밤 동료 혹은 거래처 사람들과 술판을 벌이고 통금 시간에 맞춰 겨우 귀가했다.

그 후 이십 년에 걸쳐 제발 오늘은 일찍 들어오라는 아내의 아침 고정 레퍼토리에 한 번도 짜증을 낸 적이 없으니 남편은 참으로 부드러운 사람이라고 볼 수 있었다. 하지만 동시에 한 번도 아내의 말대로 일찍 들어온 적도 없으니 그는 얼마나 고집 센 사람인가. 그토록 부드러운 사람이 실제로는 아내의 마음을 전혀 헤아릴 줄 모른다는 것 때문에 난 참 오랫동안 속앓이를 했었다. 그런 무심함 덕분에 잔소리는 아예 할 줄도 몰랐으니 그나마 다행이었다.

그랬던 남편도 쉰이 넘어 어쩔 수 없이 은퇴남의 인생을 살게 되자 또 나른 반전이 기다리고 있었다. 생활이 바뀐 탓인지, 여성호르몬이 많아져서인지 아무튼 예전과는 많이 다른 모습을 보이기 시작한 것이다. 은퇴 초기엔 평생 안 하던 잔소리, 평생 안 내던 짜증을 부리는 남편에게 도저히 적응이 안 됐다. 젊었을 땐 아무리 독설을 퍼부어도 빙긋 웃음으로 넘기던 남자가 조금만 거슬린다 싶으면 삐지거나 목소리가 커지는 등 예민하게 반응했다. 황혼 이혼이 이래서 늘어나는구나, 새록새록 느꼈던 시간이었다. 예전에 내가 항상 불만스러워했던 남편의 무심하고 태평스러운 성격이 그리웠다.

솔직히 혼자 사는 친구가 그토록 부러웠던 때도 없었다. 옛날 어머니들이 나이 들면 남편이 일찍 가는 게 오복의 하나라고 거침없이 말했을 때 난 왜 그렇게 속으로 어머니들을 미워했던가 뒤늦게 미안해졌다. 세상에는 시간이 가르쳐 주는 것들이 참 많다. 모든 것은 다 지나가게 마련이다. 시간이 흐르니 첨예했던 신경전도 스르르 줄어들었다. 점점 함께 있는 시간에 익숙해지다 보니 남편은 이내 무심하고 태평한 성격으로 돌아갔다.

일흔이 넘어서부턴 이제 결혼 정년제나 졸혼제 같은 것들도 번거롭게 생각된다. 좋으나 싫으나 오래도록 함께 살아온 남편이니 그냥 죽을 때까지 함께 사는 것도 그리 나쁘진 않을 것 같다. 무엇보다도 볼 꼴 못 볼 꼴 다 보고 살아서 이젠 더 이상 기대할 것도 실망할 것도 없으니 마음이 평안하고 세상이 평화롭다.

게다가 함께 지내는 시간이 점점 늘어나다 보니 좋은 점도 꽤 많다. 무엇보다 홀쩍 여행을 떠나고 싶거나 영화를 보고 싶거나 또는 맛있는 식당을 찾아가고 싶을 때 멀리 사는 친구들에게 전화를 걸어서 만날 시간을 짜 맞춰야 하는 번거로움을 겪지 않고도 즉시 행동에 옮길 수 있어 아주 편하다. 남편도 예전에는 내가 불쑥 여행을 가자고 하면 '갑자기 어딜 간다고 그래, 당신은 너무 충동적이야' 라며 일단은 딴죽을 걸어서 김을 새게 만들었는데 이젠 나의 돌발적인 행동에 단련이 되었는지 즉시 따라나선다. 요즘은 남편 쪽에서 먼저 나설 때도 많다.

오래 살다 보니 서로 흉보면서 닮아 가는 게 한두 가지가 아니다. 며칠 전 내가 그날 있었던 어떤 일에 대해서 설명하고 있는데 남편이 갑자기 끼어들면서 '왜 그렇게 서론이 길어, 요점으로 들어가지 않고. 왜 내 나쁜 점을 닮은 거야?'라며 핀잔을 주었다. 듣고 보니 정말 그랬다. 이런 것도 함께 늙어 가는 재미인가 보다.

흔히들 매일 보는 사람들은 언제나 그 모습 그대로인 것 같다고들 하는데 순 거짓말이다. 남편을 보면 하루하루 늙어 가는 게 뚜렷이 보인다. 한때는 너무 나이 들어 보인다며 머리 염색을 했지만 머리가 새까맣다고 나이 듦의 속도를 늦출 순 없었다. 이젠 새하얀 머리칼에 어깨는 구부정, 얼굴은 주름투성이다. 그 얼굴을 보고 있자면 문득 푸르렀던 이십 대 때 모습이 오버랩되면서 가슴이 짠해 온다. 그럴 때면 난 "당신 이젠 영락없는 할배네"라고 놀려댄다. 남편은 이 할매 웃긴다는 표정으로 즉시 반격한다. "나만 늙었나, 당신도 늙었지. 아주 폭삭 늙었어."

4장

부탁해,
마이 바디

몸아,
나를 부탁해

아침부터 유난히 몸이 나른한 날이 있다. 그 전날 과로를 했나 하면 그것도 아니다. 하루 종일 소파에서 뭉개면서 주간 영화 잡지를 뒤적이거나 TV 채널을 돌려 대며 놀멍 쉬멍 먹으멍 지내다가 저녁 뉴스도 다 못 보고 잠들었다. 매끼니 때마다 꼬박꼬박 챙겨 먹었으니 당연히 에너지가 남아돌아야 할 텐데 사흘 굶은 사람처럼 맥을 못 쓴다.

이렇게 도저히 납득할 만한 이유가 없는데도 몸이 처지면 기분도 따라 처지면서 하루를 시작하기도 전에 모든 게 짜증스럽다. 공교롭게 그날이 유난히 일정이 빡빡한 날이라면 시작도 하기 전에 신경줄에 날이 선다.

무엇보다 자기 주제도 모르고 덥석덥석 약속을 잡은 자신에 대해 화가 난다. 도대체 지가 무슨 청춘이며 이 나이에 무슨 영광을 보겠다고 일 욕심을 부리느냐 말이다. 혹시 회의 중에 또는 강연 중에 갑자기 쓰러지기라도 하면 그게 무슨 민폐고 낭패냐 말이다. 혹시라도 일어날지 모르는 불상사가 기정사실이라도 되는 양 자신의 과욕에 대해 자책하고 또 자책한다.

하지만 아무리 몸과 마음이 가라앉는 것 같다 해도 응급실에 실려 갈 정도로 아프지 않은 이상 이미 정해진 약속을 취소할 수는 없는 법. 나는 애써 몸을 달랜다. 그리고 간절한 마음으로 부탁한다. 몸아, 오늘 하루 무사히 보낼 수 있도록 나를 지켜 줘.

놀랍게도 약속 장소에 가까이 왔다 싶으면 내 몸은 반전을 보인다. 언제 그랬냐는 듯 온몸의 실핏줄마다 연료가 공급되는 것이다. 특히 사람들이 빽빽이 들어찬 대규모 강연에서는 시간이 지날수록 새로운 에너지가 충전되는 듯한 기분이다. 전생에 무당이었을지도 모르겠다는 생각이 저절로 드는 순간이다.

강연이 끝나자 주위로 몰려든 청중들은 입을 모아 묻는다. 어떻게 그 나이에 그런 젊음과 열정을 유지할 수 있느냐고. 자기들도 나처럼 나이 들고 싶다고. 순간 진실을 밝히고 싶은 충동에 입이 근질근질해진다. 내 몸이 겉보기와는 달리 속은 움직이는 종합병원이라고 하면 다들 놀라겠지. 하지만 난 그냥 무심한 목소리로 '보이는 게 다가 아니에요'라며 얍삽하게 진실을 살짝 피해 간다. 세월이 무섭다고 어느새 나도 연예인처럼 이미지 관리에 신경을 쓰게 된 모양이다.

이어지는 일정을 무사히 소화하고 돌아오는 길, 몸은 두드려 맞은 듯 뻐근하지만 아침에 나를 우울하게 했던 그런 나른함은 느낄 수 없다. 나는 몸에게 수고했다고 고마웠다고 정중하게 인사하면서도 투정을 부린다. 이렇게 잘 버텨 주면서 아침에는 왜 그렇게 심술을 부렸던 거지?

하지만 몸이 언제나 호락호락하게 부탁을 들어주기만 하는 건 아니다. 입에서는 반기는데 위에서는 거부하는 음식들도 적지 않다. 요즘엔 오후에 커피를 단 한 잔이라도 마셨다 하면 어김없이 새벽에 잠이 깬다. 오십 년 이상을 사귀어 온 죽마고우 같은 커피를 하루아침에 거부하다니 몸은 참으로 변덕스럽다. 몇 년 전까지만 해도 잠들기 전에 따뜻한 커피를 마시면 잠이 더 잘 왔었는데.

그뿐인가. 혈당이나 혈압을 정상으로 유지하기 위해 의사가 시키는 대로 열심히 관리했는데도(물론 이건 내 생각이겠지만) 검사 수치가 엉망으로 나올 때도 많다. 그럴 때마다 내가 느끼는 배신감과 무력감이란. 무력감은 평소 아무런 증상이 없었는데도 두 번째 심장 스텐트 시술을 해야 한다는 말을 들었을 때 절정에 달했었다.

몸의 배반으로 심한 무력감에 빠지는 날은 산다는 일 자체가 버겁게 여겨져 모든 것을 거부하고 싶어진다. 이런 날 글을 써 달라거나 강연을 해 달라거나 회의에 참석해 달라는 요청을 받으면 무조건 '노'다. 아무리 의미 있는 일도, 아무리 조건이 좋은 일도, 그리고 호기심 천국인 내가 평소라면 첫마디에 솔깃했을 새롭고 재미있는 일도 다 귀찮기만 하다. 나중에 후회할 걸 뻔히 알면서도 일단은 '노'다.

이렇게 몸 컨디션에 따라 기분이 춤을 추게 된 건 쉰 줄에 들어서서 병원 신세를 지게 되면서부터였다. 나는 아기 낳을 때를 제외하곤 병원이라곤 다녀 본 적이 없었다. 항상 기운이 펄펄 넘쳤기 때문에 몸 약한 친구들이 몸이 가라앉는다느니 나른하다느니 하면 그게 어떤 상태인지 이해하지 못했다. 그들이 너무 곱게 자라서 공연한 응석을 부린다고 속으로 흉을 보았다. 쉰 살이 될 때까지 나는 정신이 몸을 지배한다고 믿었다. 정신만 바짝 차리면 몸은 따라오게 마련이라고 확신했다.

나는 원체 타고난 건강체이기 때문에 몸을 돌봐야 한다는 생각은 아예 해 본 적이 없었다. 그저 먹고 싶은 대로 먹고, 마시고 싶은 대로 마시고, 하고 싶은 대로 하고, 놀고 싶은 대로 놀았다. 이렇게 반백년 동안 홀대 받은 몸은 마침내 반란을 일으켰고 그 이후 지금까지 난 철저하게 몸의 노예로 살고 있다. 가끔 저항 정신이 살아날 땐 내 맘대로 살아 보기도 하지만 몸은 정확했다. 저항을 할 때는 물론이고 때로는 납작 엎드려 지내는데도 나를 시험해 본다. 느닷없이 몸에서 기운을 쫙 빼앗아 가는 식으로.

아픈 만큼 성숙해진다고들 하는데 그것도 모든 사람에

게 해당되는 말은 아닌 모양이다. 한 번 크게 아픈 이후로 난 기가 팍 꺾였다. 그리고 몸에게 최대한 가엾은 어조로 애걸한다. 난 성숙은 바라지 않으니까 그저 아프지만 않게 해 주렴.

비굴하기 짝이 없는 나에 비하면 세상엔 진심으로 존경해야 할 사람이 참 많은 것 같다. 평생을 불편한 몸과 함께 지내면서도 늘 넉넉하고 밝은 웃음으로 세상을 보듬는 그런 사람들을 보면 부끄럽다.

나도 노력하면 좀 나아질까. 몸이 나를 갖고 놀아도 기죽지 않고 마음만은 늘 즐겁고 자유로운 그런 사람이 될 수 있을까.

나는
아이언우먼

모니터를 들여다보던 의사가 심드렁하게 말했다.

"이번엔 관상동맥 중에서 경부선이 많이 막힌 것 같은데 더 정확한 건 조영술을 해 봐야 알겠네요. 조영술을 해 봐서 괜찮다 싶으면 놔두고 아니면 또 스텐트를 하죠 뭐."

조영술이라는 말을 듣는 순간 난 머릿속이 새하얘지는데 이 심장내과 선생님 참 말씀 쉽게 하신다.

"사 년 전에 한 번 해 보셨으니까 잘 아시죠? 아주 간단한 시술(의사는 시술을 강조하지만 환자는 수술로 받아들인다)이니까 아무 걱정 안 하셔도 됩니다."

천만의 말씀이다. 걱정이 태산처럼 나를 짓누르기 시작한다. 사 년 전엔 뭣도 모르고 얼떨결에 시술을 받았다. 심장에 이물질을 넣는다는 사실 자체가 너무 어마어마하게 느껴져서 차라리 남의 일 같았고 정작 시술대에 올랐을 때는 '날 잡아 잡수'라는 심정이었다. 마음을 비우려고 애쓴 것도 아닌데 마음이 저절로 비워졌다.

손목 혈관에 얇은 관을 집어넣어 심장까지 통하게 해서 스텐트를 박는다는 공상과학소설에나 나올 법한 얘기가 다른 사람도 아닌 바로 내 몸을 무대로 펼쳐진다? 시술이 한참 진행될 때까지도 난 현실감을 느낄 수 없었다.

그러다가 갑자기 심장이 조여드는 느낌이 왔다. '아, 이렇게 죽는 거구나. 가족들한테 작별 인사를 안 했는데 어쩌지?'라는 생각이 들었다. 이럴 줄 알았으면 대충이라도 집 안을 치워 놓고 나올 걸 했다가, '에이 죽은 다음인데 흉 좀 들으면 어때?'라는 생각이 빛의 속도로 잇달았다.

그때, "환자분, 고생하셨습니다. 스텐트 잘 들어갔습니다"라는 소리가 들려왔다. 아니, 심장에 이물질을 박는 엄청난 일이 이렇게 빨리 끝나도 되는 거야? 난 안도의 한숨 대신 뭔가 속은 듯한 기분을 안고 시술실 밖으로 밀려 나왔다.

실감을 느끼기 시작한 건 시술한 지 이틀 만에 퇴원하고부터였다. 쇠붙인지 플라스틱인지 아직도 잘 모르겠는 용수철처럼 생긴 이물질이 떡 하니 내 심장에 자리 잡고 있으며 만약 시술을 안 했다면 갑자기 쓰러져 죽었을지도 모른다는 이야기는 픽션이 아니라 논픽션이었다. 즉 현대 의학이 아니었다면 난 이미 죽은 목숨일 수도 있었던 것이다. 내가 죽음의 터널을 통과했다는 사실에 뒤늦게 전율이 느껴졌다. 산다는 건 아무리 생각해도 살얼음판을 걷는 일이다. 자칫 하다간 '풍덩!'이다.

난 일단 의료 기술의 발전에 경탄했다. 예전 같으면 말만 들어도 끔찍한 심장 수술을 불과 삼십 분도 안 되는 시간 안에 그토록 간단하게 해치우다니 과연 의술의 끝이 어디일지 궁금해졌다. 이러다간 두뇌 이식도 가능할지 모르며 인류의 오랜 꿈인 무병장수, 아니 영원불사도 결국엔 이뤄지지 않을까 싶었다.

하지만 아무리 의료 기술이 발전해도 이 지구상에는

최소한의 의료 혜택도 못 받는 사람들이 여전히 존재한다는 생각에 공연히 울적해지기도 했다. 나는 또 극심한 무력감에 빠졌다. 내 몸은 내 정신과는 전혀 상관없이 움직이는 독립적인 물체라는 사실을 새삼 깨달았다. 내가 아무리 나이를 의식하지 않고 살고자 해도 내 몸은 꼬박꼬박 나이를 받아들이고 있었다.

그러니 공연히 의욕 부리지 말고 몸의 신호에 귀를 기울이며 조심조심 살아야 했다. 하지만 억울했다. 이제까지 살아오면서 적어도 심장만은 아무런 신호도 보내지 않았으므로.

심장은 나를 배반했다. 중학교 때 학교에서 하는 단체 검진 때 내 심장에 청진기를 댄 의사는 웃으며 말했다. 학생은 마라톤 선수가 되어도 좋을 만큼 심장이 튼튼하다고. 내 심장은 내 몸 중에서 유일하게 자랑스러운 부분이었다.

정기적으로 진료를 했던 내분비내과 의사가 경동맥에 동맥경화의 조짐이 보인다며 심장내과 의사에게 나를 보냈을 때 의사는 물었다. 심장이 답답하거나 아픈 적이 없었느냐고. 나는 자신 있게 대답했다. '아니요, 전혀' 그랬었는데.

극심한 무력감은 주위에 스텐트를 한 사람이 꽤 있다는 걸 알고 나서부터 서서히 줄어들기 시작했다. 심지어는 한꺼번에 일곱 개를 한 사람까지 보았다. 스텐트에 대해서 전혀 모르는 사람들은 스텐트라는 말만 들어도 공포심을 드러내지만 스텐트 유경험자들은 하나같이 담담했다.

시술 이후에도 의사는 육 개월에 한 번씩 만날 때마다 심장이 답답하거나 아픈 적이 없냐고 물었고 내 대답도 한결같았다. 그런데 사 년 만에 심장은 또다시 나를 배반했다. 아무 신호도 보내지 않고 자기 멋대로 혈관을 좁혀 놓은 것이다.

또 시술을 해야 한다는 말을 듣자 사라졌던 무력감이 일시에 되살아났다. 시술이 간단한 건 알지만 간단한 것과 싫은 것은 전혀 별개의 문제였다. 마음 한구석에서는 '이런 식으로 계속 생명을 연장하는 것이 과연 무슨 의미가 있을까'라는 생각도 들었다. 차라리 아쉬운 듯 가는 게 좋은 일이 아닌가. 가족들은 엄마가 또 억지를 부린다고 웃어넘겼지만 난 솔직한 심정이었다.

해마다 4월은 아주 바쁜 달이다. 빡빡하게 짜여진 일정

사이에서 간신히 닷새를 빼내어 시술 날짜를 잡았다. 시술에 앞서 먼저 내분비내과 의사를 만났을 때였다. 의사는 지난번 혈액검사 결과를 알려 주며 내가 건강관리를 아주 잘하고 있다고 칭찬했다. 모든 수치가 정상으로 나왔다는 것이다.

난 마치 선생님께 고자질하는 아이처럼 볼멘소리로 일러바쳤다. "그런데 심장내과 선생님은 또 스텐트를 해야 한대요." 정말 창피하게도 나도 모르게 눈물이 글썽거렸다. 의사는 놀란 표정으로 컴퓨터에서 다른 차트를 불러왔다. "이렇게 관리를 잘했는데 왜 이렇게 혈관이 막혔을까" 하고 안타까워하더니 노련한 의사답게 이내 나를 위로하기 시작했다. 아직 꽉 막힌 건 아니지만 이왕 스텐트를 할 거면 미리 하는 것이 낫다고.

뜻밖의 위로를 받자 더 어린아이가 된 나는 나보다 훨씬 젊은 의사 앞에서 응석을 부렸다. "선생님, 스텐트 안 하면 안 되나요?" 역시 선생님은 선생님이었다. "글쎄, 예전처럼 팔십까지만 살면 안 해도 되는데 지금은 백 세 시대잖아요. 그러니까 십 년 살고 말 거 아니니까 미리미리 조치를 해 놔야죠." 이런 고수를 봤나. 나 금방 순한 양이 되었다.

사 년 동안 의술은 더 발전했다. 이번에는 답답함조차 전혀 느끼지 못한 사이 스텐트 두 개의 시술이 끝났다. 입원 기간도 단 하루였다.

손주들이 아이언맨 인형을 갖고 놀 때 나는 위풍당당하게 끼어든다.

"얘들아, 할머니는 아이언우먼이란다. 심장에 아이언이 세 개나 박혀 있거든."

"우와~ 대박!"

손주들은 존경의 눈빛으로 엄지를 쳐든다.

뱃살
콤플렉스

제일 꼬맹이 손녀는 참 잘 먹는다. 특히 밥을 좋아한다. 네 살짜리가 공기밥 일 인분을 너끈히 해치운다. 밥이 너무 많은 것 같아 엄마가 조금 덜어 내려고 숟가락을 대기라도 하면 잽싸게 밥공기를 자기 쪽으로 당긴다. 밥 한 공기를 국에 말아 뚝딱 해치우고 나서도 밥 더 먹겠느냐고 물으면 항상 예스다. 간식 마니아인 세 살 위 언니는 밥 먹을 때마다 엄마와 신경전을 치르는 것과 정반대다.

밥을 다 먹은 후에도 상 앞을 떠나지 않고 혹시 삶은 감자라도 눈에 띄면 그중에서도 제일 큰 것을 골라 두 손으로 꼭 잡고 야무지게 먹어 치운다. 엄마는 그러다가 배가 빵 터지는 것 아니냐고 걱정 어린 농담을 하면서도 흐뭇한 표정이다. 부모는 원래 아이가 세끼 밥을 잘 먹어 줄 때 제일 예뻐 보이는 법이다.

드디어 밥상 앞에서 물러난 손녀의 배는 문자 그대로 터질 듯 팽팽하다. 그 모습이 너무 귀엽고 재미있어 모두들 깔깔 웃는다. 난 '아이고, 우리 막내손녀가 딱 할머니 배를 닮았네' 손뼉까지 쳐 대며 웃지만 솔직히 속마음은 썩 유쾌하지만은 않다. 손녀야 지금 아무리 배가 나왔어도 깜찍하기만 한 데다 앞으로 커 가면서 언니처럼 날씬해지리라는 미래가 보장되어 있지만 나는 죽을 때까지 배가 들어가리라는 희망이 없기 때문이다. 아니 들어가기는커녕 훨씬 더 볼록해질 게 뻔하기 때문이다.

자식들은 내 농담 같은 진담에 수긍도 부인도 할 수 없는 입장인지 표정들이 어정쩡하다. '아니, 어머니 나이에 그 정도도 배 안 나온 분이 어딨어요'라고 위로하자니 낯이 간지럽고, 그렇다고 '어머니, 그 배 좀 어떻게 해 보세요'라며 가뜩이나 심란해하는 늙은 엄마 가슴에 대못을 박을 수도 없고.

아무튼 요즘 난 날마다 조금씩 더 나오고 있는 배 때문에 고민이다. 이 나이에 웬 외모 콤플렉스? '여성들이여, 규격화된 사이즈에 당신 몸을 맞추려고 애쓰지 말라. 당신의 몸을 있는 그대로 사랑하라고 주장하던 페미니스트 맞아?'라고 빈정거리는 소리가 들리는 것 같다.

하지만 굳이 변명하자 들면 이건 외모 콤플렉스가 아니라 건강 콤플렉스다. 나처럼 팔다리가 가늘고 배만 볼록 튀어나온 이른바 거미 체형이 건강에 가장 나쁘다는 이야기를 듣기 싫어도 자꾸 들려주는 세상이 됐기 때문이다.

옛날에는 아주 친한 사람들 사이가 아니면 외모나 몸매에 대한 이야기를 잘 꺼내지도 않았고 설사 이야기가 나온다 하더라도 상대방의 기분을 살펴 조심스레 했는데 이젠 너도나도 다짜고짜 외모 평가들을 해 대는 세상이다. 우리 사회는 모두가 정치 평론가요, 입시 전문가라더니 요즘엔 전 국민이 건강 전문가의 경지에 올랐다. 백 세 시대의 도래와 더불어 건강과 뷰티(처음 들었을 땐 영 거슬리던 이 단어가 내 입에서도 술술 나오고 있다)에 대한 관심이 하늘을 찌르는 시대라 TV 채널을 돌리다 보면 어디 한군데서는 으레 그 방면의 전문가라는 사람들이 나와서 아름답게 오래 살 수 있는 노하우를 전수하느라고 바쁘다.

성형 사실을 숨기느라고 내숭을 떨던 게 바로 엊그제 인데 지금은 연예인뿐만 아니라 일반인, 여성만 아니라 남성도 성형 내용을 당당히 고백한다. 성형은 외모 지상주의 를 맹목적으로 추구하는 골 빈 여자들이나 하는 어리석은 짓이라며 혀를 차던 세상은 눈 깜짝할 사이에 외모도 능력 이라는 쪽으로 합의를 본 듯하다. 심지어 눈에 확 띄는 미모가 아닌 평범하다 싶은 얼굴이나 에스라인이 드러나지 않는 몸매임에도 별로 신경 쓰지 않는 것처럼 보이는 젊은 여성들을 향해 자기 관리도 못하는 여자, 나태한 여자라며 손가락질하는 형국이다.

살면 살수록 세상이 어쩜 이리 빨리 변하는지 날마다 놀란다. 사실 더 놀라운 건 이런 세상에서 무려 칠십 년이 나 살아가면서도 약간의 멀미는 느낄지언정 그렇다고 졸 도까지는 안 하고 용하게 버텨 낸 나 자신이지만.

사실 어쩌다 건강에 관한 정보를 접할 때마다 나 자신

이 너무 '몸에 대해서 몰랐구나, 또는 내 몸을 학대하고 살았구나'라는 생각에 반성할 때도 많다. 그리고 건강을 위해서 전문가들이 권하는 것들도 희귀한 식품이나 약품이 아니라 주위에서 쉽게 구할 수 있는 것들이 대부분이고 또 몸에 도움 된다며 소개하는 운동들도 크게 어려운 것들이 아니다.

그럼에도 너무 많은 전문가들이 너무 많은 정보를 제공하다 보니 고마운 마음으로 따라 하기도 전에 피로감이 엄습하니 참 아이러니다. 난 결국 이것저것 따져서 찾아 먹으려 하지 말고 여태까지 먹던 것에서 양만 조금 줄이자고 결론지었다. 운동 역시 평소 많이 하던 걷기나 좀 더 열심히 하자는 쪽으로. 아무튼 요즘은 뭘 먹으면 좋다느니, 뭘 해야 좋다느니 하는 말에 별로 귀를 기울이지 않는다.

그런데 온 국민이 건강 전문가요 건강 전도사가 되다 보니 원치 않는데도 내 몸에 대한 진단을 들어야 할 경우가 자주 생긴다. 나는 팔다리가 유독 가늘다. 어렸을 땐 새다리란 놀림도 많이 받았고 대학 다닐 땐 남학생들로부터 궁둥이가 저렇게 작으니 '나중에 시집가서 애 낳기 어렵겠다'라는 성희롱성 뒷말도 많이 들었다.

다리가 가느다란 덕에 미니스커트 시대에는 부러움도 적지 않게 받았지만 화려했던 시절은 번개처럼 사라졌다. 아이를 하나씩 낳을 때마다 몸무게가 늘어나기 시작했는데 희한하게도 팔다리는 그대로였다. 모든 살들이 몸통으로, 즉 중부 전선으로만 몰려드는 것이었다. 드디어 마흔 살부터는 오늘날의 거미 체형이 완전히 정착되었다.

팔다리가 가늘다 보니 언뜻 보면 착시 현상을 일으키기도 한다. 눈썰미가 좋지 않은 사람들은 나를 굉장히 날씬하게 보곤 그 나이에 그런 몸매를 유지하다니 대단하다는 둥 몸매 관리의 비결이 뭐냐는 둥 물어서 나를 난처하게 만든다. 순전히 옷빨인데.

십여 년 전부터 난 개량 한복처럼 펑퍼짐한 옷만 입는다. 배를 커버하기 위한 목적도 있지만 그런 옷들은 대개 고무줄 허리라 마냥 편하기 때문이다. 슬픈 사실은 배가 조이는 게 싫어 고무줄 옷을 골랐더니 점점 더 배가 나오고 있다는 것.

거미 체형이 건강에 가장 나쁜 체형이라는 정보가 반

복적으로 알려지면서 이제 난 내 생각과 아무 상관없이 주위의 걱정을 사는 처지가 되고 말았다. 물론 그 걱정은 터무니없는 게 아니다. 뱃살이 온갖 성인병의 주범이라는 정보는 이미 내 몸에서 현실화되고 있기 때문이다.

핑계지만 내가 평생 몸매에 신경을 쓰지 않고 살았던 건 몸매도 유전이라는 확신 내지는 체념 때문이었다. 내가 태어나면서부터 돌아가실 때까지 나의 어머닌 시종 거미 체형이었고 세 여동생도 꼭 닮은 체형이다. 우린 유전을 핑계로 몸매 관리에 전혀 신경을 쓰지 않는 못 말리는 자매들이다.

젊었을 땐 '몸매야 아무려면 어때, 건강만 하면 되지'라고 생각했는데 이 몸매가 건강에 치명적이라는 사실이 만천하에 밝혀지고 원치 않는 걱정까지 들으니 기분이 언짢다. 노골적으로 '너 같은 체형은 오래 못 산대'라는 코멘트를 받으면 '지금까지 산 것만 해도 오래 산 거야'라고 받아치지만 속은 편편치 않은 게 사실이다. 아마도 속으론 오래오래 살고 싶은 모양이지.

내 마음을 헤아려서 뱃살이 저절로 들어가 주었으면

오죽 고마우련만 그럴 일은 안 생길 테고 결국 내가 빼 주는 수밖에 없을 텐데, 과연 가능한 일일까?

내일부터는 좀 덜 먹을까? 맥주도 끊고. 그런 의미에서 오늘 저녁은 치맥으로?

치매는
두려워

요즘 들어서 깜빡깜빡 할 때가 점점 잦아진다. 외출할 때마다 한 번에 끝내는 경우가 거의 없을 정도다. 챙긴다고 챙기는 데도 꼭 한 가지는 빠뜨리기 일쑤다. 버스 정류장까지 걸어갔다가 휴대폰 생각이 나서 돌아오는 건 다반사고, 지갑이나 교통 카드를 안 챙겼다가 낭패를 당한 적도 있다.

강연장까지 택시를 타고 갔는데 요금을 내려고 보니 가방에 아무것도 없어 마침 날 마중하러 나온 생면부지의 담당 직원한테 돈을 빌린 적도 있었다. 그것도 돌아갈 택시비까지. 아마 그 직원은 자기가 치매 노인을 초청한 게 아닐까 잠깐 동안 노심초사했을지도 모르겠다.

전날 밤 열심히 썼던 강연 원고를 책상 위에 얌전히 두고 나오거나 몇 년 전부터 외출 시 필수품이 된 선글라스를 안 들고 나오는 적도 많다. 저녁에 외식하러 나가면서 식전에 꼭 먹어야 할 약을 미리 챙긴 것까진 괜찮았는데 문제는 약통을 식탁 위에 얌전히 두고 나온다는 것이다.

여행 갈 때도 다르지 않다. 치약 칫솔을 안 챙겨 와 한밤중에 편의점을 찾아 낯선 거리를 헤맨 적도 여러 번이고, 비옷이나 우산을 빠뜨리는 건 애교다. 그때마다 나 같은 짠순이가 이렇게라도 쇼핑을 해 줘야 지역 경제에 도움이 되지 않겠냐며 스스로를 위로한다.

대형 마트에 가기 전 꼼꼼히 적어 놓은 쇼핑리스트를 집에 놓고 왔을 땐 또 어떤가. 분명 살림에 꼭 필요한 품목들일 텐데 산더미처럼 쌓인 물건을 눈으로 보면서도 왜 그렇게 기억이 안 나는지 참 별일이다. 머리를 쥐어 짜내 대충 사 가지고 와서 리스트와 대조해 보면 이건 해도 해도 너무 한다. 당장 필요한 품목은 참 용케도 피할 줄 아는 재주가 놀랍다.

그렇다고 증세에 대해서 대책을 세우지 않은 것도 아니다. '생각날 때 즉시 챙기기.' 상당히 효과 있는 대책이긴 한데 또 언제나 그런 건 아니다. 우산이나 비옷은 생각났을 때 미리 여행 가방에 넣어 둘 수 있지만 치약 칫솔이나 휴대폰은 나가기 직전까지 사용해야 하는 것들이니 그럴 수도 없다. 이래저래 완벽한 대책은 없는 것 같다. 그냥 그러려니 하고 사는 게 상수다.

친구들끼리 모이면 마치 누가 깜빡깜빡 챔피언인지 겨루는 대회라도 열린 것 같다. 한 친구가 자기의 경험을 이야기하면서 한숨을 쉬면 모두들 '그건 약과야. 난 말이야 어느 정도냐 하면…'이라는 말을 시작으로 온갖 사례를 열거하며 자기가 왜 챔피언이 될 수밖에 없는지에 대해서 열변을 토한다. 그렇게 혼자서 끙끙 앓던 걱정거리를 함께 나누다 보면 어느새 마음이 편해진다. 또래가 좋긴 좋다.

하지만 이렇게 웃고 떠든다고 해서 마음이 완전히 가벼워지는 건 아니다. 웃음이 사그라들 즈음엔 약속이라도 한 듯 모두의 얼굴에 두려움의 기운이 스멀스멀 드리운다.

지금은 단순한 건망증으로 웃어넘길 수 있겠지만 이러다가 결국엔 치매로 가는 건 아닐까.

요즘 우리 또래의 가장 큰 걱정은 치매다. 주위에서 치매로 고생하는 사람과 가족들을 자주 보게 되면서 단지 남의 이야기로 들을 수만은 없어졌기 때문이다. 평생을 곱게 살아오신 분들이 삶의 끝자락을 치매로 인해 남루하게 마감하셨다는 이야기는 곧 나의 미래로 다가오는 것이다.

젊었을 땐 '치매 올 때까진 살고 싶지 않아'라며 마치 수명을 내 맘대로 조종할 수 있기라도 하는 듯 허세를 부리기도 했지만 나이가 들면서 점점 치매가 남의 일이 아니라는 생각을 떨쳐 버릴 수 없다. 심지어는 우리보다 '아직 한참 어린' 오십 대에도 치매가 올 수 있다니 걱정은 점입가경이다.

내 친구들은 해방 직후의 혼란과 가난 속에서 운 좋게도 또래들보다 비교적 공부를 많이 한 편이다. 그래서 머리를 많이 쓰면 치매에 걸릴 확률이 훨씬 낮아진다는 학설이나 속설에 일말의 안도를 했던 게 사실이다.

그러나 실제로는 아무리 고매한 지성을 자랑하던 대학

자도 말년에 치매를 피해 가지 못하는 경우가 얼마든지 있다는 사례들을 보고 들으면서, 또는 활기차게 지적 활동을 하던 중년 여성이나 남성도 예기치 못한 상태에서 치매에 걸려 가는 과정을 세밀하게 그린 영화 등이 자주 소개되면서 그 누구라도 예외가 될 수 없음을 깨달았다.

때로는 현대 의술이 치매를 정복할 날이 멀지 않았다는 뉴스에 반짝 희망을 가져 보지만 우리가 죽기 전에 그게 가능할 거라고 믿는 사람들은 별로 없다. 그나마 자식 세대만은 치매로부터 해방될 수 있기를 간절히 바랄 뿐.

얼마 전 여든이 넘은 나이에 치매에 걸린 아내를 극진히 보살피는 남편의 일상을 보여 주는 다큐멘터리를 보았다. 아내는 신기하게도 남편만 보면 좋아서 어쩔 줄을 몰랐고 남편은 그런 아내를 세심한 정성으로 챙겼다. 아름다우면서도 짠한 장면이었다. 남편과 나는 아무 말도 하지 않고 서로의 표정을 곁눈질했다. 빈말로라도 '내가 치매 걸리면 저렇게 살뜰하게 보살펴 줄 수 있어?'라고 묻기에는 마음이 너무 무거웠다.

사는 날까진 내가 누구인지 알면서 살고 싶다.

어르신
대접

　새해 첫날에는 큰집 조카 둘이 가족과 함께 세배를 하러 온다. 조카들이 아주 어렸을 때부터 세배를 받아 왔지만 요즘 들어 세배 받는 자리가 기쁘고 즐겁지만은 않다. 쉰이 넘어 머리가 희끗해진 장정들에게 어르신 대접을 받는 게 조금은 민망스럽기 때문이다.

　대학에 다니는 조카 손주들에게서 깍듯이 할머니 대접을 받는 것도 그렇다. 친손주들이 할머니라고 부를 때보다 갑자기 십 년 이상 늙은 기분이 든다. 실은 할머니라고 불리기 시작한 건 사십 년도 더 된 일이다.

맨 위 시누의 큰딸이 나보다 세 살밖에 어리지 않았기 때문에 난 서른을 갓 넘자마자 할머니가 되었다. 그 조카가 돌도 지나지 않은 딸을 안고 와서 아기에게 나를 가리키며 할머니라고 불러 보라고 했을 땐 얼마나 황당했는지 그 자리에서 도망가고 싶었다. 이런 일 때문에 어린놈이 촌수만 높다는 말이 나온 거구나 싶었다. 그나마 자주 만날 일이 없었던 게 다행이었다.

올해 첫날에는 민망함이 한층 업그레이드되었다. 세배를 하고 난 큰조카가 주머니에서 흰 봉투를 꺼내더니 두 손으로 공손하게 받쳐 나에게 건네는 것이었다. 아들들에게서 세뱃돈을 받은 지는 오래되었지만 조카에게서 세뱃돈을 받는 건 처음이었다. 난 당황해서 이게 뭐냐며 손사래를 쳤지만 조카는 진작부터 드려야 했는데 이제야 드려 죄송하다며 막무가내였다. 조카며느리도 이 사람도 나이가 드니까 철이 드는 모양이라며 맞장구를 쳤다. 남편이야 언제나처럼 허허 웃을 뿐 가타부타 말이 없었다.

그렇게 난 올 한 해를 톡톡히 어르신 대접 받는 것으로 시작했다. 조카들에게 나는 더 이상 편하게 고민을 상담해 왔던, 나이 들었어도 생기발랄한 그런 어른이 아니었다. 이젠 용돈을 챙겨 드리지 않으면 마음이 불편해질 수도 있는 나이 든 어르신이었다.

아들들은 사촌형이 엄마에게 세뱃돈을 드리는 모습을 흐뭇하게 보는 것 같았지만 내 마음은 많이 혼란스러웠다. 물론 돈 싫어하는 사람이 어디 있을까만 마냥 반가워할 수만은 없었던 그런 심정. 이 세뱃돈은 내가 한 해가 갈 때마다 꼭 그만큼의 속도로 늙어 가고 있다는 사실을 확인해 주는 알람 신호였다.

그리고 그 신호는 정확했다. 올해는 어디서나 사람들이 나를 대하는 태도가 달라진 것 같다. 어느 날 처음 만난 부부와 밥을 먹을 일이 있었는데 그들은 음식이 나왔는데도 선뜻 수저를 들지 않았다. 어서 먹으라고 했더니 어른이 수저를 안 들었는데 자기들이 어떻게 먼저 먹느냐며 내가 먼저 먹기를 권했다. 난 여기 어른이 어디 있냐고 눙치면서도 눈치 없이 젊은 사람들을 기다리게 한 것이 미안했다.

올여름 미국 여행길에서 둘째 형님댁 조카를 만났을 때도 그랬다. 그 조카는 가족의 반대에도 굽히지 않고 끝내 외국 남자와 결혼해 미국에 정착한 지 오래됐다. 착하고 똑똑해서 내가 참 아꼈던 조카였다. 세 살 때부터 자라는 과정을 쭉 지켜봤기 때문에 내 머릿속의 조카는 언제나 어리고 풋풋한 소녀였다. 그 사이 조카가 귀국할 때마다 얼굴을 보긴 했지만 워낙 잠깐잠깐이었기에 머릿속의 이미지는 변하지 않았다.

태평양이 보이는 조그만 도시, 조촐하지만 아름다운 집에서 조카를 만났을 때 난 조카도 그 세월 동안 쉬지 않고 나이를 먹었다는 걸 알았다. 이국인과 결혼해서 낯선 땅에 산다는 이유만으로 공연히 마음이 쓰였다는 게 얼마나 바보 같은 짓이었는지도 깨달았다. 어렸을 때 착하고 똑똑했던 조카는 착하고 똑똑한 어른으로 훌륭하게 자기 인생을 살아가고 있었다.

조카는 내게 '그래, 젊은이들은 다 잘 살고 있어. 그러니 쓸데없는 신경 쓰지 말고 당신이나 잘 살아라'고 말하는 것 같았다.

이튿날 동화처럼 예쁜 도시 카멜을 떠나며 조카와 작별의 포옹을 했을 때 난 앞으로 다시 만나기 어려우리라는 예감에 눈시울이 뜨거워졌다. 조카 역시 같은 생각이었으리라.

아들이 운전하는 차에 올랐을 때 조카가 뛰어오더니 봉투를 내밀었다. 여비에 보태 쓰시라는 말과 함께. 되돌려주려 하기도 전에 차가 출발했고 우린 그렇게 헤어졌다.

'내가 괜히 이 먼 곳을 찾아왔나'라는 생각에 마음이 울적해졌다. 나는 사랑하는 조카가 먼 이국땅에서 어떻게 사나 마음이 쓰여 왔던 것뿐인데, 그리고 내 생각보다 훨씬 행복하게 사는 것 같아 나까지 행복해졌는데, 조카는 혹시 나이 든 숙모가 멀리까지 찾아온 것에 부담감을 느낀 게 아닐까. 이젠 부담감을 용돈으로나마 씻고 싶게 만들 만큼 내가 늙고 지쳐 보이나.

이제부터 손아래 사람들을 만날 땐 어르신 대접 절대 금지라고 쓴 머리띠를 매고 다닐까. 아니, 지금은 이렇게 배부른 투정을 하지만 혹시 어르신 대접을 못 받으면 요즘 젊은 것들은 어른도 못 알아본다며 길길이 날뛰는 건 아닐까.

...
그녀가
궁금하다

날마다 만나는 막역한 친구 사이라고 해서 속내를 다 끄집어 내놓을 수 있는 건 아니다. 차라리 낯선 사람, 다시 만날 기약이 없는 사람이 더 편할 때도 있다. 그래서 그런지 오랫동안 여기저기 강연을 다니다 보면 질문과 사인, 사진 찍기 등 모든 일정이 끝났는데도 절박한 표정으로 면담을 청하는 이들이 종종 있다. 그러곤 오 분도 안 되는 아주 짧은 시간에 한 사람의 인생 보따리를 떠안는 경우가 적지 않다.

자녀교육에서부터 부부 관계, 자아 계발, 경제적 고민

에 이르기까지 온갖 고민거리를 안고 끙끙대 온 ㄱ들은 내가 무슨 족집게 도사라도 되는 양 간절한 눈빛을 보낸다. 내가 무슨 능력이 있다고 그 짧은 시간에 오랫동안 얽힌 실타래를 푸나. 그렇다고 지푸라기라도 잡고 싶은 심정으로 처음 만난 이에게 속에 감춰 두었던 응어리를 꺼내야 했던 여성들에게 냉정하게 '자기 문제는 결국 자기가 풀어야 합니다'는 말로 도망칠 수도 없다.

결국 나는 '감정에 휘둘리지 말고 이성적으로 문제를 들여다보라'느니 '인내를 갖고 대화를 하라'느니 '상대가 변하길 바라지 말고 내가 먼저 변하라'느니 하는 상투적인 말로 얼버무리곤 한다. 속으로는 왜 이렇게 상황이 심각해질 때까지 내버려 뒀나 안타깝기도 하고 한편으론 나이는 잘도 먹으면서 지혜는 쌓지 못하는 스스로가 한심스러워지기도 한다. 그러곤 또 바쁜 시간을 쪼개서 성의 있게 들어 준 것만으로도 작은 위로가 되었을 거라며 죄책감을 털어 낸다.

신기한 것은 고민거리를 털어놓은 사람들의 얼굴은 금세 잊어버리는데 그들이 꺼내 놓은 고민거리들은 오래도록 머릿속에 남아 있다는 사실이다. '왜 좀 더 현명한 조언을 해 주지 못했나'라는 아쉬움이 쉽게 사라지지 않기 때문인가 보다. 그래서 다음에 비슷한 내용의 고민 상담을 받으면 예전에 내가 어떤 답을 했는지 기억이 새로워지고 이번에는 전보나 조금이라도 나은 대답을 하려고 애쓰게 된다. 그렇게 사람은 늘 자기도 모르는 새 다른 사람에게 도움을 주기도 하고 도움을 받기도 하는 존재인가 보다.

그런데 좀체 잊혀지지 않는 얼굴이 하나 있다. 지난해 지방 도시의 한 강연장에서 만난 그 여성은 갓 예순을 넘었다고 했다. 얼핏 보기에는 아무리 늘려 잡아도 쉰을 갓 넘은 것처럼 젊고 팽팽했다. 외모만으로는 평생을 온실 속에서 곱게 자란 인상이었다. 그가 다짜고짜 '선생님 말씀은 실감이 안 나요'라고 했다. 아니 이게 무슨 말이지? 조금은 황당했지만 조곤조곤한 말투에는 도전적인 기색이 느껴지지 않았다. 무슨 이야기가 실감이 안 나는 내용이냐는 내 물음에 그는 '자꾸 백 세 시대, 백 세 시대 그러시는데 현실은 그렇지 않다'고 했다. 그의 눈가는 이내 젖어 들었다.

이어서 털어놓는 그의 사연은 이랬다. 남편은 육십 대

후반인데 뇌졸중으로 쓰러진 지 팔 년째이며 자신이 집에서 간병하고 있단다. 모두들 백 세 시대, 백 세 시대 하는데 자기 집과는 전혀 상관없는 이야기라 그런 이야기를 들을 때마다 더 서글퍼지고 암담해진다는 것이다. 그녀는 남편도 불쌍하지만 자신의 인생도 앞이 보이지 않는다고, 남편이 가도 자기는 계속 살아야 할 텐데 지금 할 수 있는 일이 아무것도 없다면서 눈물을 글썽였다. 차라리 백 세 시대가 오지 않았으면 마음이 편할 것 같다고 했다.

그녀는 남편을 요양원에 보낼 순 없다고 했다. 그동안 가장 노릇을 하면서 고생만 한 남편을 이제 와서 힘들다고 내칠 수는 없다고 했다. 언제 세상을 떠날지 아무도 모르지만 그날까지 옆에서 돌봐야 한다고 했다. 그러나 자기 인생을 송두리째 포기하면 안 될 것 같은 생각에 마음이 복잡하단다.

그녀의 눈에선 계속 눈물이 글썽거렸지만 끝내 흘러내리지는 않았다. 입가에는 엷은 미소가 사라지지 않았다. 나는 그녀에게서 끝까지 타인에게 헌신하면서도 자신을 놓지 않는 인간의 품격 같은 것을 느끼고 마음이 숙연해졌다. 나라면 저토록 기품 있는 태도를 지키지 못했을 게 틀림없다. 내가 무얼 잘못했길래 이렇게 운명이 가혹하게 구는지 억울하다면서 몸부림을 쳤을 것 같다. 처음 본 사람이 당황하든 말든. 이미 현자의 경지에 올라 있는 사람에게 내가 무슨 말을 할 수 있나.

그런데도 그녀는 내가 자기보다 십 년은 더 살았으니 인생 선배로서 자기가 지금 당장 할 수 있는 일이 뭔지 가르쳐 달라고 졸랐다. 남편 곁을 떠나지 않으면서도 자신이 살아가는 의미를 찾을 수 있도록.

혹시 일기를 써 보시면 어떨까요. 불쑥 내 입에서 튀어나온 말에 나도 깜짝 놀랐다.

일기요? 글은 한 번도 써 본 적이 없는데요. 글재주도 없고요.

글이 뭐 별건가요. 지금 말씀하시는 거 들으니까 댁은 사람의 마음을 움직이는 능력이 있는 거 같으세요. 남편 간병하시면서 떠오르는 생각들을 말하듯 그냥 꺼내 놓으시면 좋은 글이 될 거예요. 틈날 때마다 글을 쓰시면 다른 사람들한테도 도움이 되겠지만 무엇보다 글을 쓰는 동안 본인이 치유되는 경험을 하실 거예요. 시간도 잘 가고요.

그녀의 얼굴에 화기가 도는 게 보였다.

아, 그럼 한번 써 볼게요. 글 쓰는 건 꿈에도 생각 못해 봤는데.

그녀는 문학소녀처럼 설레는 목소리로 고맙다고 인사했다. 굉장히 망설이다가 간신히 말을 꺼냈는데 너무 잘한 것 같다며.

내 마음도 가벼워졌다. 그런 조언을 하다니 오랜만에 기특하군, 스스로에게 칭찬을 보냈다.

가끔 궁금하다. 그녀는 과연 지금 글을 쓰고 있을까.

지극히 쿨하고, 지극히 따뜻한

어떤 독후감

인간은 누구나 죽는다는 걸 알면서도 나 자신만은 죽는 일과 별로 상관이 없으려니 하고 살았다. 나란 사람이 워낙 심각한 구석이 없는 데다 누구나처럼 살아가는 일만으로도 너무 숨이 가빴기 때문이다. 쉰 줄에 들어서면서 뒤늦게 죽음이 가깝게 다가오기 시작했다. 아주 짧은 시차를 두고 시어머니, 아버지, 어머니, 오빠, 큰올케, 큰동서 들이 잇달아 세상을 떠나 버리면서였다.

살아온 모습이 다르듯이 떠나는 모습도 제각각 달랐다. 큰올케는 사십 대의 젊은 나이에, 오빠와 큰동서는 예순을 갓 넘긴 나이에 갑작스러운 병으로 황망 중에 떠났고 가장 연로하신 시어머니와 그보다는 조금 아래이신 부모님은 오래 앓으시다가 힘겹게 떠나셨다. 어떻게 떠나가든 남은 사람들은 그때마다 힘겨워했다.

가까운 이들의 죽음이 남긴 아픔은 쉬이 사라지지 않았다. 일상은 금세 되풀이되었지만 그 아픔은 불쑥불쑥 되살아나 나를 각성시켰다. 자, 너도 곧 죽을 것이다. 그런데 너는 어떻게 죽고 싶은가.

요즘 우리 또래의 화두는 '어떻게 죽을 것인가'로 모아진다. 모두들 아프지 않고 '자는 듯이 죽고 싶다'는 소망을 털어놓는다. 링거를 주렁주렁 달고 중환자실 침대에서 숨을 멎고 싶지 않다고 입을 모은다. 하지만 예로부터 인간의 이 소망은 신이 받아들이기엔 지나치게 건방진 것이란다. 그래서 그런지 자는 듯이 죽는, 모두의 소망인 '편안한 죽음'은 현실에선 아주 드문 것 같다.

따라서 우린 나이가 들어갈수록 우리도 먼저 간 이들처럼 힘들고 괴로운 죽음을 맞을지도 모른다는 예감에 사로잡힌다. 이렇듯 어차피 자는 듯이 죽는 복을 누릴 수 없다면 고통 없이 깔끔하게 죽는 방법이 무얼까 궁리해 보게 되는 건 당연한 수순이다. 어느 때부터인가 우리 또래는 누가 심장마비로 죽었다는 소식을 들으면 자동적으로 그 사람의 나이를 물어보고 만약 그가 예순을 넘었다고 하면 '행복한 죽음'이라고 서슴없이 말한다. 심지어는 노골적으로 부러워하기까지 한다.

농반진반으로 어떤 친구들은 가장 행복한 죽음의 한 방법으로 해외여행을 꼽기도 한다. 비행기를 자주 타고 다니다 보면 추락 사고의 확률도 그만큼 높아질 테고 따라서 단번에 죽음에 이를 수 있을 뿐더러 보험금도 많이 나올 게 분명하니 자식들한테도 좋은 일이 될 거라는 계산이다. 하지만 해외여행도 아직 모든 게 괜찮을 때 이야기지 병들고 돈 떨어지면 그것도 불가능하다는 게 문제다.

죽음에 대해서 남편과 대화를 나누다가 한 가지 합의를 보았다. 어느 날 누구든지 최악의 상태에 이르렀을 경우 안락사까지는 아니더라도 적어도 생명연장장치만은 거부하기로. 나의 결심은 얼마 전 심장 스텐트 시술 후 예후를 관찰하기 위해 대학 병원 중환자실에서 24시간을 보낸

후 더욱 확고해졌다. 온갖 장치와 연결된 채 의식 없이 병상에 누워 있던 사람들. 나는 생의 마지막을 중환자실의 눈부신 조명 아래서 보내고 싶지 않았다. 결코. 하지만 죽음에 대처하는 나의 자세는 그게 전부였다. 그 정도만 해도 꽤 쿨한 편이라고 자부했다. 얼마 전 『엄마, 엄마, 엄마』(조 피츠제럴드 카터 지음)라는 제목의 책을 읽을 때까진.

일흔다섯 살에 자신의 의지로 생을 마감한 어머니의 죽음에 대해 마흔 살의 막내딸이 촘촘히 기록해 나간 이야기는 얼핏 건조한 느낌이 들었지만 그건 첫인상일 뿐이었다. 충격적이고 선정적인 이야깃거리가 넘쳐 나는 요즘, 병들고 나이 먹은 한 여자가 스스로 자신의 마지막을 기획한다는 내용이 뭐 그리 대단하다고 책을 한 권씩이나 썼을까 하는 빈정거림 비슷한 심리와, 평생을 밥걱정 돈 걱정 없이 호강해 온 미국 중산층 가족 안에서 벌어진 스토리라는 데서 오는 미묘한 이질감은 이내 거짓말처럼 사라졌다. 그들의 스토리는 쿨하면서도 따뜻함을 잃지 않았다.

요 근래 급속도로 나빠진 시력에도 불구하고 난 하루 만에 책을 읽어 치웠다. 그 하루 동안 나는 어머니와 딸 사이를 오갔다. 때로는 죽음을 기획하는 어머니가 되었다가 때로는 어머니 때문에 속상해서 어쩔 줄 모르는 딸이 되었다.

나이가 나이인지라 처음부터 나는 어머니의 입장에 섰다. 이십 년 동안 파킨슨병을 앓아 온 데다 울혈성 심부전증, 천식, 만성 폐질환, 관절염, 저혈압, 골다공증까지 겹친 움직이는 종합 병동이라고 불러도 좋은 몸을 가진 일흔다섯 살이나 먹은 어머니가 스스로 생을 마감하겠다는데 그토록 분노하고 슬퍼하는 딸이 쉽게 이해되지 않았다.

그러다 문득 그녀가 나하고는 비교할 수 없을 정도로 어머니를 사랑하는, 효심 깊은 딸이라는 사실을 깨닫자 부끄러움이 밀려 왔다. 아, 생의 말년에 볼 수도 걸을 수도 없었던 나의 어머니도 얼마나 죽음을 열망했던가. 나는 가끔씩, 아주 가끔씩 어머니를 찾아갔던 불효한 딸이었다. 이 책의 모녀처럼 어머니는 워싱턴에, 저자인 막내딸은 샌프란시스코에 멀리 떨어져 산 것도 아니었다. 어머니는 분당, 나는 서초동이니 승용차를 타면 한 시간도 채 못 미처 닿을 수 있는 곳이었다.

어머닌 가끔씩 찾아가는 내게 '죽고 싶으니 목 매달 끄

내끼(끈) 갖다 달라'고 떼를 쓰셨다. 그랬다. 나는 어머니가 자식이 자주 찾아오지 않아서 시위용으로 그런 '떼를 쓴 다'고 멋대로 해석하고는 화를 버럭 냈다. 쓸 데 없는 소리 말라고. 어머니를 이해하는 마음보다 오히려 섭섭한 마음 이 더 컸다. 막내딸이며 책의 저자인 조가 처음엔 어머니 가 이기적이라고 생각돼 섭섭하고 화가 났었던 것처럼.

죽음에 이르는 방법을 여러 가지로 모색하던 조의 어 머니는 결국 '굶어 죽기'를 선택하고 12일 만에 성공한다. 그녀는 자신의 소원대로 자신의 침대에서 사랑하는 가족 들의 따뜻한 배웅을 받으며 편안하게 눈을 감는다.

십 년도 넘게 중풍으로 고생하셨던 나의 시어머니도 한때 곡기를 끊으신 적이 있다. 하지만 시어머니의 시도 역시 자식들에 의해 '분별없는 행동'으로 비난을 받았다. 나를 포함해 자식들 모두 노인들이 갖는 '생의 의지'를 철 석같이 신봉했다. 흔히들 말한다. 노인이 '죽고 싶다'는 말 은 3대 거짓말 중에서도 가장 큰 거짓말이라고. 우리는 고 정관념의 포로에 지나지 않는가.

조의 어머니, 마거릿의 마지막 며칠은 영화 〈안토니아

스 라인〉을 떠올리게 한다. 의지가 굳은 한 여성이 주체적으로 농장을 일구고 가족을 만들어 가는 이 영화에서 가장 인상적인 장면은 그녀의 마지막 모습이었다. 그녀는 어느 날 자신의 죽음을 예감하고 온 가족을 불러 모아 마지막 인사를 나누곤 평화롭게 눈을 감는다. 그 영화를 봤을 땐 나도 비교적 젊은 나이였는데도 불구하고 감동과 부러움에 몸을 떨었던 기억이 생생하다.

많은 사람들이 삶의 질 못지않게 죽음의 질을 걱정하는 요즘이다.

아, 나는 언제 어떻게 죽을까. 궁금하다.

5장

다 생각하기 나름

시골집

　남양주 조안면에 마당 딸린 작은 집을 샀을 때 난 세계를 얻은 기분이었다. 마흔다섯. 결혼한 지 꼭 이십 년이 되던 해였다.

　결혼 이듬해부터 아파트에 살기 시작했다. 굉장히 빠른 편이었다. 시댁이나 친정에서도 우리가 아파트로 이사 간다고 말씀드리니 아파트라는 게 도대체 어떻게 생긴 집이냐고 물으실 정도였으니까. 열두 평짜리 방 두 칸 집인데 연탄은 때지만 집 안에 화장실도 있다고 하니 사람이 그렇게 좁고 답답한 데서 어떻게 사냐며 언짢아하셨다. 심지어 그런 건 집이 아니라 수용소라고까지 하셨다.

결혼하면서 시댁에서 얻어 준 단칸방에서 살 때부터 부었던 적금을 깨고도 모자라 친구가 다니던 은행에서 대출을 받아 간신히 전세아파트에 들어갔다. 단칸방에서 몇 년 더 버티면 돈을 더 모아 변두리에 조그만 단독주택을 마련할 수도 있었지만 곧 아기가 태어날 예정이고 난 계속 회사에 다녀야 하는 상황이라 당장 방 두 칸이 필요했다. 마침 회사 동료가 자기 언니가 우리 셋방에서 멀지 않은 동네의 아파트에 사는데 값도 싸고 살기도 편하다고 해서 서둘러 집을 알아본 것이다.

다행히 그 아파트는 단독주택에 사는 것과 별로 다르지 않은 환경이었다. 언덕 위에 자리잡은 삼층짜리 건물로 가구 수도 얼마 되지 않는 아주 소박한 단지였다. 앞마당이 꽤 넓은데다 집집마다 장독대가 따로 있었고 겨울에는 김칫독을 묻을 수도 있었다.

그 아파트에서 태어난 두 아이는 넓은 마당을 뛰어다니며 맘껏 흙장난을 하며 자랐다. 아파트 뒤편으로 철길이 있어 처음엔 기차 소리에 잠을 깨기도 했지만 금방 적응했다. 남편은 기적 소리가 빼액 하고 울려도 쿨쿨 자는 아이들을 보면서 '기찻길 옆 오막살이, 아기 아기 잘도 잔다' 노래를 불렀다. 그러나 셋째까지 태어나자 그 집에서 계속 살기 불편해졌다. 그래서 무리를 해서 조금 더 넓은 아파트로 옮겨서 살았고 그 후에도 두 번을 더 이사했다. 모두 아파트였다.

비록 조금씩 공간을 넓혀 가긴 했지만 아파트살이는 항상 상자 속에 갇힌 삶 같았다. 땅과 공기가 차단된 공중에 떠 있는 콘크리트 상자. 아파트를 옮길 때 언제나 맨 아래층을 고른 건 값도 값이지만 그나마 땅의 기운을 느끼고 싶어서였다. 물론 세 아이들이 아래층 눈치 안 보고 맘껏 뛸 수 있다는 이유가 가장 컸지만.

때로는 마당 있는 집으로 이사 가고 싶은 마음이 굴뚝같았다. 하지만 선뜻 실행에 옮기지 못하고 머뭇거리는 동안 이십 년이 훌쩍 지나 버리고 말았다. 능력 부족 때문이었다. 경제적 능력이 아니라 살림 능력이 턱없이 부족했다. 돈이야 아파트를 판 돈에 맞는 집을 사면 그만이지만 살림 능력은 갑자기 업그레이드될 수 없는 것이므로.

특히 청소 능력이 떨어지면 집은 순식간에 쓰레기통으로 변한다. 아파트도 깔끔하게 치우지 못하고 사는 내가 감히 주택을 욕심내다니 말 그대로 언감생심이다. 나만 그렇게 생각하는 게 아니라 가족이나 친구들도 그 점에 대해서만은 모두 동의했다.

큰애가 초등학생일 때였다. 어느 날 차를 타고 고급 주택들이 즐비한 동네를 지나고 있었다. 아이가 갑자기 말했다. 우리도 저런 집으로 이사 가자. 당시 난 무슨 이유인지 잊어버렸지만 마음이 복잡할 때였기 때문에 아이에게 짜증으로 대답했다. 애, 저런 집은 아무나 가니? 아빠가 돈을 잘 벌어야 가지. 이사는 마음대로 갈 수 있는 게 아냐.

얼마 후 아이의 시험지를 받아 보니 이런 문제가 있었다.

'다음 중에서 남한에 해당하면 남, 북한에 해당하면 북이라고 쓰시오.'

다음에는 이런 항목이 있었다. '이사를 마음대로 할 수 없다.'

엄마한테 현장체험학습을 받은 아이는 자신 있게 답했

다. '남.'

왜 '남'이라고 했느냐는 물음에 아이는 '엄마가 이사는 마음대로 할 수 없는 거라고 했잖아'라고 받아쳤다.

엄마 노릇이 얼마나 엄중한 책무인지를 절실히 느끼게 한 젊은 날의 교훈이다. 그날 난 이렇게 말해야 했다. 저렇게 큰 집에 이사 가면 엄마가 하루 종일 청소만 해야 해. 그럼 너희들하고 놀아 줄 수도 없잖아.

아무튼 어렸을 때는 엄마를 만능 로봇처럼 무한 신뢰했던 아이들도 커 가면서 자연히 엄마의 장단점을 간파하게 된다. 아이들 모두 엄마의 아킬레스건이 정리 정돈과 청소라는 점을 인정하기 때문에 언젠가부턴 마당 있는 집 타령을 멈추었다.

마당 있는 집으로의 이사는 포기했지만 그 대신 서울 근처에 조그만 시골집을 하나 마련해서 시간 날 때마다 들르고 싶다는 새로운 욕구가 꿈틀거리기 시작했다. 몇 년 전부터 가까운 친구 몇이 이미 그렇게 살고 있었기 때문이었다.

그러나 나나 남편이나 워낙 추진력이 결핍된 사람들

이다. 늘 그렇듯이 머릿속으로만 빌딩을 지었다 허물었다 할 뿐이었다. 그때 마침 내가 좋아하는 선배 한 분이 연락을 해 왔다. 자기네 시골집 동네에 조그만 집이 나왔는데 당신이 샀으면 좋겠다. 마음 맞는 사람들끼리 나이 들어서 함께 살면 정말 풍요로운 노년이 될 것 같다고.

이번엔 앞뒤 잴 것 없이 저질러 버렸다. 서울에서 가까운 데다 개발제한지역이라 아주 조용한 동네였다. 난 완벽한 노후 대책을 세운 것 같아 흐뭇했다. 이렇게 대화가 통하는 멋진 선배와 한 마을에서 노년을 보내다니 더 이상 바랄 게 없었다.

그러나 인생은 항상 뒤통수를 친다. 선배에게 느닷없이 암이 찾아왔다. 그리고, 선배는 떠났다. 시골집의 주변도 달라졌다. 앞에 있던 작은 축사가 대규모로 확장된 것이었다. 상수도 보호구역인데 어떻게 그런 일이 가능한지 이해가 안 갔지만 현실은 늘 그렇게 돌아간단다. 덧정이 떨어졌다. 난 집을 팔았다. 투자의 관점에선 큰 손해를 봤지만 속은 편했다.

손주들이 늘어나면서 다시 시골집에 대한 생각이 간절

해졌다. 아이들이 놀러 와도 마음 놓고 뛰어놀지 못하는 게 안타까워서였다. 조금만 뛰어도, '아랫집 할머니 잠 못 주무신다'고 말려야 하니 어른이나 아이나 못할 짓이 아닌가.

손주들의 부모가 못하면 조부모가 총대를 메야 되는 게 아닌가 하는 의무감이 마구 타올랐다. 마침 얼마 전 지인 두 사람이 각각 자기네 시골집 동네에 집을 짓지 않겠느냐는 제안을 해 왔다. 두 사람 모두 노년을 함께 보내고 싶은, 내가 존경하고 사랑하는 사람들이었다.

난 조금은 들뜬 기분으로 아이들에게 의견을 물었다. 아이들은 이구동성으로 반대했다. 어머니가 어떻게 집을 관리한다고 욕심을 내세요. 아무리 좋은 집도 금방 폐가처럼 변할 거예요. 아, 나 자신을 잊었구나. 난 미련을 접었다.

그러나 길은 늘 열려 있는 법. 시골집의 꿈은 포기했지만 난 지금 마음만 먹으면 언제라도 갈 수 있는 시골집이 있다. 전라북도 무주에. 원래는 나를 포함해 여럿이 공동 구매했던 집인데 관리가 어려워 한 친구가 넘겨받았다. 그 친구가 말했다. 힐링이 필요하면 언제라도 내려와서 있고 싶은 만큼 쉬다 가라고. 되도록 자주 오라고.

세상에서 가장 신나는 일은 내가 별장을 사는 게 아니라 친구가 별장을 마련하는 거라고들 한다. 난 요즘 아주 신난다.

…
새

"쿵~!!!"

나른한 오후, 시골집 소파에 앉아 책을 읽다가 어느새 꾸벅꾸벅 조는 중이었다. 손에 펼쳐 있는 책은 대학 시절 원서 강독 시간에 당시 으레 그랬듯이 겨우 도입부만 읽고 학기가 끝나서 팽개쳤던 괴테의 『파우스트』 번역본이었다. 시골집 책장엔 친구가 가져다놓은 책이 굉장히 많았는데 대부분 친구의 전공인 사회학, 인류학에 관련된 책이었지만 간혹 의외다 싶은 책도 적지 않았다. 평소 인문학적 감수성이 뛰어난 친구의 취향이 얼마나 폭넓은지 짐작할 수 있는 책장이었다.

　고전의 매력은 읽을 때마다 다르게 읽힌다는 점일 것이다. 졸업과 동시에 원서는 저만치 밀쳐놓았지만 번역본도 찾아 읽었던 데다 지금은 둘 다 고인이 된 장민호가 파우스트로, 김동원이 메피스토펠레스로 나왔던 연극도 보았건만 다시 읽는 파우스트는 새로운 느낌으로 다가왔다.

　예전에 내가 그토록 몰입했던 그레트헨과의 슬픈 사랑 이야기는 거대한 서사에서 하나의 에피소드에 불과할 뿐이었다는 걸 알게 되니 허탈하기까지 했다. 대신 자신이 평생토록 이뤄 온 성취를 젊음과 맞바꿀 만큼 나이 듦을 거부하는 파우스트의 욕망에서 작가가 노년을 대하는 태도가 곳곳에서 드러나 새로운 재미를 느낄 수 있었다.

　"늙으면 몽매해진다고 흔히들 말하지만, 사실 우리들은 나이를 먹어도 천진난만 그대로죠."라는 말에서는 내 또래끼리의 수다를 떠올렸고, "나는 편히 놀기만 하기에는 너무 늙었으며 불타는 욕망을 끊기에는 아직 젊다."는 넋두리에는 고개를 갸우뚱거리게 된다. 불타는 욕망을 쫓기에는 난 너무 늙었다고 생각하기 때문이다. 이런 게 혹시 남자와 여자의 차이인지 모르겠다는 생각을 했지만 곧이어 남녀 차이가 아니라 개인 차이일지 모른다는 쪽으로 생각을 돌렸다. 아무튼 『파우스트』를 읽으면서 마음속에선 젊은 시절 섭렵했던 고전들을 다시 찾아 읽어야겠다는 의욕이 무럭무럭 자랐다.

그렇게 느릿느릿 책을 읽으면서 낮잠 속으로 빠져들 즈음 갑자기 엄청난 굉음이 들려온 것이다. 이게 무슨 소린가. 주변에 멧돼지들이 자주 출몰한다는데 혹시 사냥꾼의 총소린가. 난 두근거리는 가슴을 손으로 누르며 살금살금 창가로 다가갔다. 멧돼지도 사냥꾼도 보이지 않은 채 사위는 고요하기만 했다.

그 순간 짚이는 게 있었다. 오전에 마을 산책을 나갔을 때였다. 아랫집 창문 아래 새가 두 마리나 죽어 있는 걸 봤기 때문이다. 새가 맹렬한 속도로 날아다니다가 유리창이 거기 있는지 모르고 부딪쳐 떨어져 죽은 것이었다.

창문 아래쪽을 내려다보았다. 과연 있었다. 까치보다 약간 작은 몸집의 이름 모를 회색빛 새, 아침에 봤던 그 새들과 똑같이 생긴 새가 몸을 옆으로 누인 채 꼼짝 않고 있었다. 가슴이 와들와들 떨렸다. 바보 같은 녀석, 새대가리라더니 하늘인지 유리창인지 그렇게 구별도 못하니? 고층 건물도 아닌데 왜 여기까지 와서 부딪치는 거야.

난 일단 소파로 돌아와 앉았다. 아무 일도 없었던 것처럼 책을 다시 펴 들었지만 글자가 눈에 들어오지 않았다. 혹시 아직 죽은 게 아니라 기절했는지도 모르잖아. 아직 숨이 붙어 있을지 모르는데 저렇게 햇볕이 따가운데 가만 놔두면 금방 죽을 거야.

바깥에서 새가 죽어 가고 있는데 더 이상 모른 척할 수는 없었다. 난 슬리퍼를 신는 둥 마는 둥 달려 나가 떨리는 손으로 새를 집어 들었다. 따뜻했다. 하지만 새는 부리를 벌린 채 눈도 꿈뻑 하지 않았다. 어쩌면 이미 죽은 것 같기도 했다. 어떡하지. 그때 윗집에 친구가 내려와 있다는 사실을 떠올렸다. 일단 친구네 집으로 뛰어 올라갔다.

버벅거리며 사태를 설명하자 친구는 침착한 태도로 조그만 그릇에 물을 떠 왔다. 그러곤 숟가락에 물을 떠서 벌어져 있는 부리 속으로 조금씩 흘려 넣었다. 새는 물을 삼키지 못하는 것 같았지만 친구는 그래도 조금씩 목구멍 속으로 흘러 들어가고 있으니 계속 물을 줘 보자고 했다. 마치 갓난아기에게 숟가락으로 젖을 떠먹이는 엄마처럼 친구의 손길엔 지극한 정성이 묻어 있었다.

얼마나 지났을까. 드디어 새의 부리가 움직이기 시작했다. 그러곤 스스로 물을 쪼아 먹는 게 아닌가. 눈꺼풀도 움직였다. 새기 깨어난 것이다. 조금 있다가는 구부러져 있던 다리를 쭉 펴더니 제 힘으로 서기까지 했다. 우린 환성을 질렀다. 환성이 끝나기도 전에 새는 언제 내가 기절했느냐는 듯 푸드득 날아가 버렸다.

친구는 마을에 이런 일이 가끔 일어나는데 대개는 사람이 없을 때 생겨서 손을 못 쓴다고 했다. 새가 마음 놓고 날다가 유리창에 부딪치면 강한 충격에 뇌진탕을 일으켜 일시적으로 기절하는 건데 뜨거운 햇볕 아래 방치됐다가 그대로 죽어 버린다는 것이다. 마침 내가 현장을 목격했기에 이렇게 살릴 수가 있었단다.

가슴이 아팠다. 이 마을의 주인은 원래 새가 아니었던가. 이 꼭대기까지 밀고 들어와 나무를 베어 내고 집을 지은 사람들이 죄인이라는 생각에 죽은 새들에게 너무 미안

했다. 어디 새뿐일까. 오랫동안 이 마을에 지천이었던 반딧불이도 사람들의 불빛에 쫓겨 거의 다 사라져 버렸다. 책을 읽느라 밤에 불을 켜 놓으면 불빛에 홀린 온갖 곤충들이 창문에 부딪치는 소리가 끊이지 않는다. 타닥타닥타닥.

산 좋고 물 좋고 조용한 곳에 집을 짓고 사는 건 모든 도시인의 로망이다. 인간의 로망이 실현될수록 그 자연을 터전으로 살아가던 동물들에겐 지옥이 가까워지는 셈이다.

그날 나는 한 생명을 살렸다는 기쁨에 앞서 인간으로서의 죄의식에 사로잡혔다.

'가족처럼'

한참 됐다. 모처럼 어떤 모임의 송년회 자리에 나간 적이 있었다. 송년회라는 게 늘 그렇듯 일 년 동안 전화 한 통화 없이 데면데면하게 지낸 사람들끼리도 그날만큼은 왠지 서로 살갑게 여겨지면서 눈길만 마주쳐도 마음이 촉촉해지게 마련이다. 그것이 점점 강팍해져만 가는 세상에서도 아직 사라지지 않고 시간이 갈수록 오히려 더 성황을 이루는 송년회의 존재 이유일 터다.

분위기가 무르익어 모두들 들떴을 때 한 사람이 비장한 목소리로 말했다.

"우리가 서로 알고 지낸 세월도 짧지 않은데 바쁘다는 핑계로 그동안 너무 소원하게 지낸 것 아니에요? 모이면 이렇게 반갑고 재미있는데. 앞으로는 우리, 가족처럼 좀 더 가깝게 지냅시다."

모두들 옳소, 옳소 합창을 했다. 그 순간 또 하나의 목소리.

"전 반댑니다. '가족처럼'이란 말이 그렇게 좋아요? 가족이란 이름 아래 누구보다 더 큰 상처를 입히면서도 미안하다는 말도 한마디 안 하는 그런 징글징글한 관계가요? 난 이대로 지내는 게 훨씬 좋은데요. 자주 안 만나지만 만날 때면 늘 기분이 좋아지는 관계, 가족 같지 않은 관계, 이게 얼마나 쿨해요? 우리 앞으로도 계속 가족처럼 지내지 맙시다."

결론이 어떻게 돌아갔는지는 잘 기억나지 않는다. 워낙 다른 사람의 말에 귀를 기울이는 자세가 되어 있는, 우리 사회에서 희귀하다면 희귀한 모임인지라 결론 같은 걸 내려고 애쓰지 않았을 게 뻔하다.

난 아마 두 사람의 말에 모두 고개를 끄덕였던 것 같다.

좋아하는 사람들이기에 조금 더 가족처럼 지내고도 싶고, 좋아하는 사람들이기에 가족처럼 지내고 싶지 않기도 했을 테니까.

가족처럼 지낸다는 것은 무람없는 관계를 뜻하지만 무람없는 관계란 사이좋다는 의미와 더불어 경우 없이 굴어도 통한다는 의미기 있다. 그러다 보면 서로 상처를 입고 입히는 일이 자주 생기게 마련이다.

새삼 가족에 대한 나의 생각을 돌아보자니 그 일관성 없음에 스스로도 놀랄 지경이었다. 그저 저 좋은 대로 어떨 때는 '가족은 힘이다'라고 해해거리다가 또 어떨 때는 '가족은 짐이다'라고 한숨을 내쉬는 둥, 한 입으로 두 가지 말을 잘도 해 댔다.

하지만 다행히 일관성 있는 생각도 하나 있었다. 좋은 가족 관계란 무엇인가에 대한 나름대로의 정의다. 사춘기 때부터 할머니가 된 지금까지 좋은 가족 관계란 '쿨하면서도 따뜻한 관계'라는 믿음엔 변함이 없다. 서로 지킬 것은 지키되 최대한 서로 보살피고 베푸는 관계. 너무 끈끈하지 않으면서도 언제나 그리운 관계.

그런데 말로 하면 너무나 쉬울 것 같은 이런 관계가 막상 현실에선 왜 그리도 어려울까? 어렸을 땐 서로 없으면 못살 것 같던 형제도 나이가 들면서 점점 소원해지고 심지어는 명절날 만나기가 두려워진다. 열렬한 연애 끝에 결혼한 부부도 어느 때부터인가 소 닭 보듯 하거나 평생 원수처럼 서로를 갉아 댄다. 슬픈 현실이지만 영원히 그리움의 대상으로 남을 것만 같았던 어머니조차 멀리하고 싶을 때가 생긴다.

가족 간의 갈등이 큰 싸움으로 번지는 경우도 다반사고 매스미디어의 사건 사고 기사에는 가족 간의 폭행과 살인 같은 끔찍한 범죄들이 끊이지 않는다. 보험금을 노리고 교통사고를 위장해 배우자를 죽인 남편 혹은 아내, 얼마 되지 않는 유산 분배 문제로 형에게 사냥총을 쏴 죽인 동생, 놀지 말고 취직하라는 아버지가 밉다고 마구 때려죽인 아들, 용돈을 안 준다고 어머니를 목 졸라 죽인 중년의 아들, 그런가 하면 성적이 떨어졌다고 잠을 안 재우는 엄마를 야구방망이로 때려죽인 중학생 아들 등등. 예전 같으면 전 국민이 '이럴 수가…' 하고 경악할 사건들이 날이면 날마다 꼬리를 문다. 가족 간의 살인이 하도 잦다 보니 이젠 웬만한 엽기적 사건이 아니면 놀라지도 않는다.

가족 간의 살인 사건이 빈발하는 가장 큰 이유는 우리 사회가 짧은 시간에 너무 빨리 변해서 가족의 역할에 대한 생각이나 기대치가 가족 구성원마다 다르기 때문인 것 같다.

어떤 부모는 고생해서 자식을 키워 성공시켰으니 마땅히 노후를 책임져야 한다고 기대하지만 그 자식은 자기 자식 뒷바라지도 어려운데 어떻게 부모까지 부양하느냐며 고개를 돌린다.

어떤 사람은 아직도 형제라면 자기 집을 잡혀서라도 다른 형제의 사업 밑천을 대 줘야 한다고 당당히 요구하는 한편 그 동생이나 형은 형제간에 돈 문제가 얽히면 돈 잃고 형제까지 잃는다며 단칼에 거절한다.

어떤 남편은 아무리 세상이 바뀌어도 나만은 아내의 시중을 받는 게 당연하다고 주장하는 반면 그 아내는 평생을 몸종처럼 시중들었으니 이젠 하루 한 끼쯤은 남편이 제 손으로 챙겨 먹을 수 있는 것 아니냐고 반발한다.

어떤 시어머니는 일하는 며느리가 하루에 한 번은 전화로라도 문안 인사를 올려야 한다고 생각하나 어떤 며느리는 요즘 같은 시대에는 일주일에 한 번으로 족하다고 생각한다.

어떤 친정어머니는 외손주를 키워 주었으니 딸이 해외여행을 보내 주기를 당연히 기대하는데 그 딸은 친정어머니라면 아무 대가 없이 외손주를 키워 주는 게 친정어머니의 의무라고 생각한다.

가족이니까 이 정도는 해 줘야 한다는 그 기대가 사람마다 다른 데서 원망이 생기고 분노로 발전하다가 결국 폭력으로 이어지는 경우가 얼마나 많은가. 사회가 좀 천천히 변했더라면 한결 나았을 텐데 시계를 되돌릴 수도 없고 참으로 안타깝기만 하다.

왜들 그리 '빨리빨리'를 입에 달고 살았는지.

할머닌
우리 가족이 아니에요

"할머니, 할머니 가족은 누구예요?"

둘째 손녀가 세 살 때였다. 손녀는 궁금한 게 많고도 많았다. 궁금한 게 많으니 질문도 많고 질문이 많다 보니 가끔은 뜬금없다 싶은 말들이 불쑥불쑥 튀어나오곤 했다. 아니, 할머니가 생각하기에 뜬금없는 질문이지 아마도 제 딴에는 전날 어린이집에서 배운 가족 이야기의 연장선상에 있는 아주 자연스런 궁금증일 터이다.

아무리 봐도 할머니에겐 엄마 아빠도, 아이도 없으니 가족이 없는 것 같아 보였던 모양이다.

"누구긴 누구야, 우리 세인이가 내 가족이지."

손녀는 이게 무슨 천부당만부당한 소리냐는 듯 두 팔로 X자를 만들며 큰 소리로 반박했다.

"아니에요, 할머니는 우리 가족이 아니에요!"

"아니야? 왜 할머니가 세인이네 가족이 아닌데?"

"할머니는 우리하고 같이 안 살잖아요."

"꼭 같이 살아야 가족인가? 같이 안 살아도 가족이지. 할머닌 세인이네 가족이야."

"아니에요. 우리 선생님이 가족은 한집에 같이 사는 사람이랬어요. 아빠하고 엄마하고 우리 아기가 내 가족이에요. 할머닌 우리 가족이 아니에요."

손녀는 영 말귀를 못 알아듣는 할머니가 답답해 죽겠는 모양이다. 눈물까지 글썽이며 완강하게 할머닐 가족 밖으로 밀어내려고 애썼다.

그렇다고 순순히 물러설 할머니가 아니다. 나는 이 맹랑한 손녀의 가족 안으로 밀고 들어가기 위해 세 살짜리를 앞에 두고 거창한 가족 이론을 설파하기 시작했다.

"세인아, 할머닌 세인이의 가족이야. 왜냐하면 할머닌

세인이를 하늘만큼 땅만큼 사랑하거든. 사랑하는 사람들은 아무리 멀리 떨어져 있어도 언제나 가족이란다. 그리고 세인이 아빠는 할머니의 가족이니까 세인이도 할머니의 가족이지."

손녀는 어림없다는 표정으로 최후통첩을 했다.

"아빤 우리 가족이지만 힐미닌 절대로 우리 가족이 아니에요."

일흔 살 할머니와 이제 겨우 세 살밖에 안 먹은 손녀 사이의 가족 논쟁은 할머니의 완패로 마무리되고 말았다.

이미 고전에 속하는 유머 아닌 유머가 떠오른다. 맞벌이하는 아들 내외를 도와 손주들을 키우던 시어머니 이야기다. 휴가철이 다가오자 며느리가 아이들도 웬만큼 컸으니 올여름엔 모처럼 가족 여행을 갈 수 있겠노라고 말했다. 들뜬 시어머니는 챙 넓은 모자에 수영복도 새로 마련하고 휴가 날만 기다렸다. 그날 아침, 따라나서려는 시어머니에게 아들이 다정스레 인사했다. 가족 여행 잘 다녀오겠으니 그동안 어머닌 집이나 보면서 푹 쉬시라고.

워낙 짓궂은 할머니인 나야 어린 손녀와 말싸움하는

재미에 억지를 부린 거지만 주위를 둘러보면 손주를 맡아 키우면서 섭섭해하는 할머니들이 적지 않은 것 같다. 하루 종일 허리 펼 새 없이 돌봐도 지 에미만 오면 뒤도 안 보고 달려가는 손주들, 늙은 어머니가 얼마나 힘들었을지 마음 쓰기는커녕 혹시라도 아이가 어디 잘못된 데나 없을까 매의 눈으로 아이의 온몸을 살펴보는 며느리나 딸 때문에 속 앓이를 하는 시어머니와 친정어머니들이 많다는 말이다.

비슷한 처지의 할머니들끼리 모이면 '애 본 공은 없다더라', '머리 검은 짐승은 키우지 말라더라'는 넋두리가 그치질 않는다. 정작 자식 앞에서는 아무 말도 못하면서.

하지만 그딴 일로 섭섭할 게 뭐 있나. 예로부터 내리사랑은 있어도 치사랑은 없다고 하잖던가. 자식들이, 손주들이 우리를 가족으로 끼워 주지 않더라도 우리에게 그들은 영원히 가족인 것을.

튼튼하게만 자라다오

그해 8월은 지독히 무더웠다. 저녁이 되어도 30도가 넘었다. 산을 오른 지 오 분도 안 돼서 온몸에서 굵은 땀방울이 사정없이 떨어졌다. 어둑어둑해지자 내려오는 사람들만 간간이 마주칠 뿐 올라가는 사람은 한 사람도 눈에 띄지 않았다.

아무리 친숙한 산이라도 저녁 산행의 위험성은 누구나 잘 알고 있다. 게다가 나처럼 나이 든 여자가 이 늦은 시간에 그것도 혼자서 산을 오른다는 건 너무 무모한 짓이다. 무더위가 지속된 탓인지 요즘 컨디션도 그리 좋지 않은 상태였다.

하지만 이것저것 따질 때가 아니었다. 나는 절박했다. 나의 유일한 기도 장소, 청계산 기도바위에 가서 손자를 살려 달라고 빌어야 했다. 그것만이 지금 여기서 할머니로서 내가 할 수 있는 일의 전부였다.

방금 전 병원에서 만난 손자의 모습은 참혹했다. 약 부작용으로 온몸이 막 터질 듯 부풀어 있었다. 완전히 딴 얼굴이었다. 며칠 전부터 큰아들 부부로부터 날마다 전화로 상황을 전해 들어서 짐작은 하고 있었지만 정작 내 눈으로 아이를 보니 짐작했던 것보다 훨씬 심각했다. 큰아들 부부가 놀랄 만큼 침착하고 의연하게 대처했기 때문에 내가 증세를 안일하게 생각했던 것 같았다.

함께 여름휴가를 다녀온 마지막 날부터 열이 났다고 했다. 동네 병원에 가서 해열제 처방을 받았지만 열은 떨어지는 듯하다가 다시 올랐다. 사태가 심상치 않다는 예감에 큰며느리가 기민하게 큰 병원으로 가지 않았다면 위험할 뻔했다. 정밀 검사 결과 서현이는 혈액에 문제가 생겼다고 했다. 워낙 희귀한 병이라 치료를 해도 예후가 불투

명하다고 했다.

아이 셋을 비교석 부탁하게 키워서 병원 출입에 면역
이 안 된 데다가 온갖 성인병을 안고 사는 지금도 병원에
갈 때마다 스트레스를 심하게 받는 나는 평소 손주들이 기
침만 해도 가슴이 철렁 내려앉는 사람이다. 아이들이 감기
니 수두니 장염이니 하며 병원에 다녀왔다는 이야기를 며
느리들한테 들을 때마다 입으로는 '그래, 애들은 원래 아프
면서 크는 거란다'라며 대범한 척하지만 속으로는 안절부
절, 걱정이 산을 이룬다.

'걱정한다고 걱정이 없어지면 걱정할 일이 없지'라는
말처럼 걱정이란 게 누구한테도 도움이 안 된다는 걸 누구
보다 잘 알고 있다. 그랬기에 손주들이 아프다는 말을 들
을 때마다 걱정하는 마음을 며느리들한테 들키지 않으려
고 나 나름으로는 무던히 애를 쓰며 살아간다. 그 노력 덕
분으로 간혹 며느리들한테 쿨하다는 칭찬까지 받는다.

그러나 손주가 여섯이나 되다 보니까 아무리 걱정을
붙잡아 매려 해도 안 되는 때들이 번번이 생겨난다. 가지
많은 나무에 바람 잘 날 없다는 속담이 꼭 옛날에만 있었

던 이야기가 아니다.

첫 손주가 태어난 이후 십 년 동안 가슴이 철렁하는 일이 꼭 세 번 있었다. 처음엔 막내의 아들이 태어난 지 얼마 안 되어 심장에 이상이 있다는 진단을 받았다. 별 증상은 없지만 막혀 있어야 할 무슨 막이 안 막혀 있다는 건데 일 년이 되도록 저절로 막히지 않으면 나중에 수술을 해야 한다고 했다. 요즘은 그렇게 태어나는 아기들이 많고 수술도 비교적 쉽기 때문에 큰 걱정거리가 아니라고 했지만 어떻게 걱정이 안 되느냐 말이다. 일 년 후 며느리와 함께 확인하러 가는 길, 적어도 겉으로는 담담한 척하는 며느리와 달리 난 겉으로도 담담한 척할 수가 없었다. 다행히 손자의 심장은 정상으로 돌아와 있었다.

몇 년 후 집안의 막내로 태어난 손녀도 내 가슴을 철렁하게 만들었다. 건강하게 태어난 아기가 모유와 우유를 소화시키지 못하면서 점점 야위어 가더니 결국 대학 병원 신생아 중환자실에 입원하고 말았다. 산후조리도 못한 채 날마다 면회를 다니는 엄마의 정성도 소용없이 아기는 회복될 기미를 보이지 않았다. 어느 날 아들이 일 때문에 병원에 함께 갈 수 없다는 말에 우리 부부가 며느리를 태워 주기로 했다.

며느리와 더불어 신생아 중환자실에 들어갔을 때의 그 충격은 지금도 잊히지 않는다. 조그만 생명체들이 갖가지 기기를 매단 채 힘겨운 숨을 쉬고 있었다. 우리 아기는 그 중에서도 가장 작아 보였다. 먹는 것마다 토하고 쌌으니 나날이 체중이 줄어들어 그야말로 내 주먹보다 작은 것 같았다. 가엾고 애처로워서 쳐다볼 수가 없었다.

그러고 보면 엄마들이란 정말 불가사의한 존재다. 가슴이 아리고 억장이 무너질 텐데도 어쩜 그리 침착하고 의연한지. 나는 며느리들이 존경스럽다.

난 아기를 잃을지도 모른다는 불안감에 그날 밤 잠을 이루지 못했다. 그리고 이튿날 아침, 무작정 혼자 청계산으로 향했다. 아들한테 아기의 상태를 물으니 여전히 차도가 없다고 했다. 절망스런 아들의 목소리에 마음이 다급해진 나는 '지금 청계산 올라가서 기도하고 올게'라고 말했다. 평소 같으면 '어머니, 오버하지 마세요'라며 타박했을 아들이 힘없는 목소리로 '네, 기도해 주세요'라고 했을 때의 그 기분.

사실 난 몇 년째 청계산 매봉까진 못 가고 중간 지점에 있는 약수터나 옥녀봉에서 돌아 나오곤 했었다. 하지만 그날은 달랐다. 다리도 안 아프고 숨도 안 찼다. 그냥 꿈길을 걷듯 올랐다. 그리고 매봉 직전에 있는, 내가 평소에 기도 바위라고 부르는 바위 앞에서 두 손을 모았다. 그리고 기도했다. 온 힘을 다 모아 간절하게. 우리 아기만 살려 주시면 앞으로 정말 착하게 살겠습니다. 눈물이 솟구쳤다.

무슨 정신으로 산을 내려왔는지 모르겠다. 거의 다 내려왔을 때 휴대폰이 울렸다. 아기가 토하고 싸는 걸 멈췄어요.

그게 불과 석 달 전 일이었다. 오늘 또 여섯 살짜리 손자가 할머니를 청계산에 오르게 한 것이다. 저녁 산은 금방 어두워졌다. 옷에서 땀이 뚝뚝 떨어졌다. 어스름 속에 서 있는 바위가 마치 사람처럼 보였다. 우리 아이를 살려 주세요, 앞으론 정말 착하게 살겠습니다.

캄캄한 밤길을 허위허위 내려오는 내 마음은 놀랄 만큼 평안했다. 그래, 다 잘될 거야.

어른도 힘든 고통스런 치료를 늠름하게 견뎌 낸 손자

는 지금 아주 튼튼하게 자라고 있다.

손주들아, 아프지 마. 공부 따윈 못해도 괜찮아. 할머닌 너희들이 튼튼하고 즐겁게 살아가기만 바란단다.

그런데, 어쩌지? 할머닌 별로 착하게 살지 못한 것 같아. 이제부터 착하게 살아도 뭐 그리 늦은 건 아니겠지?

너희들이
기적이다

손주들아, 안녕? 어제저녁 쌀을 씻고 있는데 너희 모두 갑자기 떠난다고 해서 놀라고 서운했단다. 평소엔 주말에 모이면 집에서 먹건 나가서 먹건 온 식구가 함께 점심 먹고 저녁 먹고 하루 종일 놀다 갔는데 어젠 큰아빠네가 일이 있어 간다고 먼저 일어나니까 나머지 식구들도 우르르 따라 나서더구나. 아마 엄마들 눈에 그날따라 할머니가 많이 피곤해 보였나 봐. 할머니가 그 전날 충청도 서산이란 곳에 강연을 갔다가 그곳에서 하룻밤 자고 왔거든.

너희들은 언제나 그랬듯 좀 더 놀다 가자고 떼를 썼지

만 금방 엄마들 말을 따라 거실 바닥에 잔뜩 어질러진 장난감을 착착 정리하더구나. 커 가면서 어찌나 노는 데 숙련이 됐는지 참 잘들도 놀고 잘들도 치우더라.

솔직히 할머니도 저녁 찬거리로 무얼 해 먹일까 궁리 중이었기 때문에 니들이 저녁 안 먹고 그냥 간다니까 조금은 다행이다 싶기도 했지만 정작 니들이 신발을 챙겨 신으니까 또 너무 섭섭하더라.

손주들은 올 때 반갑고 갈 땐 더 반갑다는 말이 있어. 나도 니들이 지금보다 훨씬 어렸던 몇 년 전까지만 해도 그 말에 전적으로 동의했었지. 너무 어렸기 때문에 아무래도 보살펴 줘야 할 것들이 많이 있었고, 또 잘 놀다가도 서로 다투는 경우가 꽤 있었거든. 그러다 보니 너희들이 갈 때쯤에는 녹초가 됐던 것도 사실이었어. 오죽하면 너희들이 떠나는 뒷모습이 얼마나 아름다웠던지 몰라.

그런데 참 신기하지. 제일 꼬맹이가 태어난 삼 년 전부턴 마음이 확 달라졌어. 밤이 깊어 너희들이 떠날 시간이 다가오면 반가운 마음보다 섭섭하고 아쉬운 마음이 훨씬 커지는 거야.

어쩌면 그새 할머니가 착해져서 그런 걸까. 그건 아닐 거야. 할머니 몸이 점점 나이 들어가면서 할머니 마음도 점점 진짜 할머니다워져서 그런가 봐. 그리고 너희들도 쑥 쑥 커서 점점 어른들 시중이 없어도 잘 놀게 됐기 때문이 겠지. 아무튼 요즘에는 돌아서는 뒷모습이 너무 아쉬워. 또 곧 만나게 될 걸 뻔히 알면서도 다시는 못 볼 사람처럼.

아마 할머니가 사랑에 빠졌나 봐. 할머닌 원래 심심한 걸 못 견디는 재미주의자라 살아 오면서 참 재미있는 일 을 많이 겪었단다. 친구들도 항상 '너처럼 재미있게 산 사 람 있으면 나와 보라고 해!'라고 말할 정도로. 그런데 요즘 은 도통 재미가 없어. 그러니 전에는 너무 웃어서 탈이었 던 할머니가 요즘은 웃을 때가 별로 없단다. 어떤 날은 하 루 종일 한 번도 안 웃고 지나는 날도 있어. 그런 날은 망한 날인데 말이야.

다행히 사는 게 팍팍하거나 화낼 일이 많아서, 또는 늙 으면 자칫 걸리기 쉬운 우울증에 빠져서 그런 건 아니야. 아니 아니, 솔직히 말하면 화낼 일들은 아주 없는 게 아니 지. 뉴스를 보면 온통 화낼 일투성이니까. 할아버진 뉴스를 볼 때마다 세상이 어떻게 돌아가는지 모르겠다며 한숨을 이리 쉬고 저리 쉬시지만 할머닌 다르단다.

할머니도 젊었을 땐 정치적 사회적으로 큰 문제가 터질 때마다 흥분을 많이 했더랬지. 사람들이 별로 의식하지 않고 지나치는 문제들에 대해서도 날카롭게 지적해 대서 까칠하다는 말도 자주 들었어.

그러나 나이가 들어가면서 분노나 흥분 같은 감정들이 많이 사라졌어. 좋게 말하면 많이 너그러워졌다고 할 수 있지만 실은 무뎌진 거지. 그렇게 해 봤자 아무것도 달라지는 것도 없고 내 몸과 성질만 나빠지리라고 체념하게 된 거야. 그래서 별로 화나는 일이 없단다.

반면에 평생을 점잖게 살아온 할아버지는 오히려 점점 더 화내고 탄식하는 일들이 늘어나는 것 같아 할머니가 막 뭐라고 하지. 할아버지가 차를 험하게 모는 운전자들에게 '똥강아지 같은 놈, 운전의 기본이 안 됐네' 하며 화를 내면 할머닌 '저 사람 급한 일이 있나 봐, 아마 어머니가 응급실에 들어가 있는지도 모르잖아'라면서 제발 남 때문에 기분을 망치지 말라고 한단다.

그러니까 세상이 할머니의 웃음을 빼앗아 간 건 분명 아니란다. 그냥 나이가 들면 사는 게 점점 단조로워지기 때문에 그런 거야. 원색의 세상에서 점점 파스텔 세상으로 바뀌더니 이젠 무채색 세상으로 걸어 들어가는 기분이야.

그러다가 세상이 갑자기 싱그러운 원색으로 돌아갈 때가 있지. 바로 너희들이 할머니! 하면서 나타날 때야. 평소엔 '모든 것은 지나간다'라고만 생각하다가 너희들을 보고 있으면 '모든 것은 자라난다'라는 생각이 든단다. 그러면 할머니에게서 사라진 줄만 알았던 웃음보따리가 순식간에 되살아나서 빵 하고 폭발하는 거야. 그야말로 기적의 시간, 혁명의 시간이야.

물론 언젠가는 이런 시간들도 다 지나가겠지. 그렇지만 적어도 앞으로 십 년 간은 이런 시간들이 계속될 거라고 할머닌 믿는단다.

여섯 손주들아 고맙다. 너희들이 할머니의 손주들로 태어나 줘서 정말 고마워. 앞으로도 지금처럼 무럭무럭 잘 자라 주렴.

옐로스톤의
숲

TV에서 하도 많이 봐서 심드렁할 줄 알았다. 요즘은 촬영 기법이 나날이 발전하는 데다 화면의 질도 더 이상 좋아질 수 없을 만큼 고급화되었기 때문에 실제로 현지에 가서 내 눈으로 보는 것보다 TV로 보는 게 훨씬 나을 때도 많으니까.

얼마 전에도 동유럽 여행 프로그램에서 기가 막히게 멋진 동굴을 보곤 아, 저런 곳이라면 한 번쯤 가고 싶다는 충동이 마구마구 솟은 적이 있다. 그곳이 이미 몇 년 전에 가 봤던 곳이라는 사실을 떠올린 건 일주일도 더 지나서였다. 내 건망증이 주범이지만 그에 못지않게 현란한 촬영 기법에 넘어간 탓도 크다.

요즘은 체력에도 자신이 없어진 데다가 이처럼 애써 가 봤자 갔는지 안 갔는지 금방 잊어버릴 텐데 싶어서 그런지 여행에 대한 욕구가 급격히 줄어드는 중이다. 게다가 소파에 앉아서 얼마든지 지구 구석구석을 샅샅이 구경할 수가 있으니 큰돈 들여서 굳이 고생길을 자청할 필요가 있나 회의가 든다. 이 모든 핑계는 결국 호기심과 모험심이 줄어드는 노년의 대표적인 증세겠지.

미국에서 연구년을 보내고 있던 큰아들이 한번 놀러 오지 않겠느냐고 제안했을 때만 해도 난 첫마디에 싫다고 했다. 큰아들이 미국에서 십 년 동안 공부와 일을 하는 동안 이미 여러 번 미국을 방문한 적이 있었고 큰손자가 태어났을 때는 반년이나 머물렀었다. 그래서였는지 십 년 전 마지막으로 미국을 떠날 땐 미국에 다시 오고 싶지 않다는 생각이 강했다. 열네 시간 이상 걸리는 비행기 탑승에 나도 모르는 새 몸과 마음이 지쳐 갔던 것 같다.

큰아들은 지난번에 갔던 곳은 동부라 계절 따라 날씨

가 변덕스러웠지만 샌프란시스코는 일 년 내내 기온이 비슷해서 미국인들도 살고 싶어 하는 곳이라며 나를 계속 꼬드겼다. 나와 달리 여전히 호기심이 왕성해, 가고 싶은 곳도 먹고 싶은 것도 많은 남편은 처음부터 가고 싶다는 의사를 강력히 표시했지만 아내가 딱 자르는 바람에 그저 눈치만 살피고 있었다.

그렇다고 내가 못 먹는 밥에 재나 뿌리자고 남편까지 못 가게 한 건 아니었다. 가고 싶으면 당신 혼자 가라고 했는데 그 나이 또래 남자들이 대부분 그렇듯 남편도 어느새 '마누라 따라쟁이'가 된 것이었다. 만약 남편이 아내보고 혼자 가라고 했다면 대부분의 아내들은 '옳다구나!' 하고 쾌재를 불렀을 것이다. 가엾은 남자들.

그렇게 뻗대던 내가 결국 미국행 비행기를 타기로 결정한 것은 아들이 9박 10일간의 옐로스톤 여행이라는 미끼를 던졌기 때문이었다. 대부분의 패키지여행이 하듯 이름난 포인트만 찍고 또 찍는 주마간산식 여행이 아니라 국립공원 안에 있는 숙소에서 며칠씩 묵으면서 여유롭게 옐로스톤의 속살을 만져 보자는 유혹에 넘어가고 말았다.

나의 변심에는 친구들의 조언도 한몫을 했다. 죽기 전에 그런 여행을 해 볼 기회가 쉽지 않을 거다, 요즘 세상에 어떤 아들이 자기 부모를 그토록 열심히 초청하겠냐, 나이 들면 그저 불러 줄 때 고맙소 하고 따라야지 그렇게 목에 힘줬다간 나중엔 절대 안 부른다며 내가 아들만 둔 주제에 배부른 투정을 한다고 흉봤다. 어떤 친구는 자기 주위에 아들만 둔 엄마 중에서 아들 재미를 보는 엄마는 너밖에 없다며 노골적으로 부러워했다.

그렇게 떠난 옐로스톤은 첫날부터 기대 이상이었다. 이틀 동안 자동차로 횡단한 네바다의 광활한 사막과 아이다호의 끝없는 감자밭이 끝나는 곳에 어떻게 그토록 전혀 다른 풍경이 존재할 수 있는 것인지 놀라웠다. 유니크하다고 해야 할까 뜬금없다고 해야 할까, 주변과는 아무 상관없다는 듯이 위용 넘치는 자태를 자랑하고 있었다.

옐로스톤은 자연이 연출할 수 있는 모든 모습을 한꺼번에 보여 주었다. 화산과 간헐천과 설산과 강, 그리고 호수와 폭포와 초원, 야생동물들까지. 지구의 과거와 현재를 동시에 보여 줌으로써 내가 딛고 있는 땅이 펄펄 살아 움직이는 별이라는 사실을 책 속의 지식이 아니라 생생한 현실로 체감시켰다.

화산의 흔적이 남아 있는 불모의 땅에서 끊임없이 피어오르는 연기와 셀 수 없을 정도로 자주 만나는 크고 작은 간헐천들은 마치 지구라는 오래된 생물체가 힘겹게 뱉어 내는 호흡과 분비물 같았다. 지구는 오래전에 식은 별이 아니라 여전히 뜨겁게 살아 있었다. 살아 있기에 언제 어떻게 변덕을 부릴지 예측할 수 없는 미스터리 같은 존재였다.

인간들이 아무리 잘난 척해도 자연 앞에선 그저 먼지일 뿐이구나 하는 생각이 드니까 모든 게 부질없이 느껴졌다. 욕망도 분노도 회한도, 심지어 희망이나 기쁨, 사랑까지도. 티끌처럼 부유하다 사라져 갈 인생을 부둥켜안고 용을 쓴들 지구라는 역사 앞에선 찰나도 못 되는 것을.

그렇다고 절망에 빠진 건 아니었다. 오히려 마음이 평안해지는 걸 느꼈다. 짙푸른 초원을 유유히 노닐며 풀을 뜯는 바이슨이나 엘크 무리가 한없이 부러웠다.

하지만 내가 옐로스톤에서 가장 큰 감동을 느낀 풍경

은 따로 있다. 수명을 채웠든 아니면 뜨거운 지열 때문에 쓰러졌든 옐로스톤의 숲에는 수없이 많은 고목들이 그대로 누워 있었다. 그리고 그 고목들 사이로 어린 나무들이 촘촘히 자라고 있었다.

윗세대 나무들은 쓰러진 채 썩어 아랫세대의 거름이 되어 가는 중이었다. 옐로스톤의 무성한 숲은 그렇게 이어져 왔구나.

6장

⋮

행복해할 줄
아는 사람들

평생이
황금기?

'내 인생의 황금기는 65세에서 75세까지'라고 한 아흔 중반의 노학자의 말이 우리 세대에게 큰 활력소가 되고 있다. 아직 혈기 방장한 젊은이가 나이 든 사람들을 위로하기 위해 립서비스 차원에서 한 말이 아니라 백 세가 다 되도록 왕성한 연구와 강연 등의 학술 활동을 하고 있는 인생 선배가 경험에서 퍼 올린 말이라 딱 그 나이 대를 지나가고 있는 후배들의 귀에 쏙 박히는 말이었다.

내 또래 여성들은 전적으로 공감하는 눈치다. 칠십 년 인생을 돌아보니 지금처럼 좋은 때가 또 없었다고 한다. 집

마련하느라 허리띠 졸라맬 걱정 없어, 아이와 씨름하며 공부시킬 걱정 없어, 남보다 못살까 봐 애면글면할 것도 없어, 남편 일이 잘 안 될까 봐 속탈 걱정도 없어, 더 이상 큰돈 들 일도 없어, 젊은 시절 시집살이 톡톡히 시켰던 시어머니에 대한 미움도 원한도 다 사라지고 없어, 걱정이라면 그저 앞으로 아프지 말고 죽어야지 하는 것 하나뿐이란다.

맞다. 나도 지금이 참 좋다. 부자는 아니지만 먹고살 걱정 없고, 아이들도 제가끔 잘 살고 있으니 걱정할 필요 없고, 남편도 아직 건강하고, 내 몸도 온갖 곳에 탈이 났지만 그런대로 살 만한 데다 뚜렷하게 내세울 것 없는데도 이 나이에 이곳저곳에서 불러 줘 일이 끊이지 않으니 이보다 좋을 수가 없다.

하지만 지금이 인생에서 가장 좋은 때라고 말할 수는 없다. 돌이켜 보면 어느 때고 그 나름대로 다 좋은 시절이었다고 생각되기 때문이다. 모든 과거는 아름다운 추억으로 기억된다는 말도 있지만 솔직히 난 그때그때마다 현재를 즐기며 살았다고 자부한다.

얼마 전 인터뷰를 하던 기자가 불쑥 '당신의 황금기는

언제였나'를 물었을 때 노학자처럼 선뜻 대답을 못한 것도 꼭 집어서 이때다 하고 내놓을 시기가 떠오르지 않아서였다. 그렇다고 솔직하게 평생이 황금기였다고 하자니 너무 재수 없어 보일 것 같았다.

이십 대 때 어른들은 우리를 보고 '참 좋은 때다'고 부러워하며 가 버린 청춘을 아쉬워했다. 난 그때 이십 대가 지나면 좋은 시절은 영원히 사라지는 줄 알았다. 그래서 이십 대를 헛되게 보내면 안 된다는 사명감에 사로잡혀 그야말로 온몸을 바쳐 살았다. 대학 시절 공부와 아르바이트와 연극에 연애까지 병행하느라 몸이 꼬챙이처럼 말랐을 때도 고생스럽다는 생각 대신 이렇게 활력 있게 살 시간은 다시 오지 않을 거라는 예감에 시간이 가는 것이 아까웠다. 그때 찍은 사진을 보면 얼굴에서 빛이 나는 것 같다.

직장 생활 할 때는 원고를 받고 기사를 쓰는 과정에서 늘 새로운 사람들을 만나는 게 너무 재미있었다. 학교 다닐 때 만났던 사람들은 언제나 나와 비슷한 부류였지만 사회에서는 방직공장 여공에서부터 배우, 건축가, 작가 등 다양한 사람들을 만났다. 그들과 이야기를 나누면서 나는, 세상은 넓고 사람은 많다는 사실을 절감했다. 개구리가 우물 밖 세상을 엿본 셈이었다. 물론 이름 있는 사람들 중에는 알려진 것과는 아주 다른 면을 보여 줘서 놀란 적도 많았다. 큰 바위를 들쳐 보면 벌레들이 우글거리는 법이라는 말의 의미를 알게 된 시기였다.

첫아이를 낳고 일과 가정의 양립이라는 지난한 과제에 허덕이던 때도 괴로웠던 것만은 아니었다. 직장 일을 끝내고 언덕길 끝에 있는 집으로 허위허위 달려갔을 때 방긋 웃으며 엄마를 반기던 아이를 껴안으며 난 이때가 내 인생의 하이라이트일지도 모른다고 생각했다.

삼십 대는 집에서 살림을 하며 아이 셋을 키우는 전업주부로 꼬박 십 년을 보낸 시절이었다. 둘째를 낳으면서 아이를 맡길 사람을 못 구해 어쩔 수 없이 사직서를 내야 했던, 요즘 말로 경단녀로 살던 때였지만 단순하게 사는 삶의 즐거움을 알게 된 시기였다. 다른 주부들은 어떻게 생각할지 모르겠는데 가사 노동과 육아는 나에게 육체적으로 아주 힘든 대신 머릿속은 늘 맑게 해 주었던 것 같다.

막내를 들쳐 업고 두 아이를 앞세워 먼 시장에 다녀오

거나, 좁은 아파트에서 몸을 숙여 연탄을 갈고 찬물에 산더미 같은 빨래를 하는 내 모습을 본 친척 언니는 '여자 팔자 뒤웅박 팔자라더니 똑똑했던 네가 이렇게 살 줄 몰랐다'며 눈시울을 붉히기도 했다. 난 '이렇게 사는 게 어때서요. 몸은 고되지만 얼마나 재미있는데요'라고 했는데 언니에겐 씨가 안 먹히는 눈치였다. 밀쩡한 사람을 가엾은 눈으로 보니까 기분이 상했지만 어쩌랴, 그렇게 생각하겠다는 걸.

다행히 당시는 한 푼 두 푼 모아 집을 늘릴 수 있는 시대였기 때문에 나도 그 물결에 따라 집을 두 번씩이나 늘려 갔다. 아이들도 쑥쑥 자라고 집도 쑥쑥 넓어지니 삼십 대는 모든 것이 확장되는 때였다. 그야말로 살림과 육아의 재미를 만끽하던 시기였다.

마흔이 코앞에 닥치고 막내가 초등학교에 들어가자 나는 이제 아이들은 다 키웠으니 나를 키울 때라는 걸 깨닫고 사회로 다시 나갔다. 그 이후 십 년은 엄청난 도전의 시기였다. 공부를 하고 가르치고, 홀로 중국에 가서 살고, 책을 쓰고 신문을 만들고, 강연가와 운동가로 살고…. 매일 새로운 일을 하며 보냈다. 다양한 일을 원 없이 해 봤다는 점에서, 즉 나도 할 수 있는 일이 꽤나 많은 사람이라는 걸 확인했다는 점에서 사십 대는 분명 황금기였다.

오십 대는 예기치 못한 일들로 좌절을 겪었던 시기였다. 가계와 몸이 한꺼번에 휘청거렸기 때문이다. 그동안 실패에 대해 면역이 없었던 터라 한동안 심신이 바닥까지 가라앉았다. 그러나 나쁜 일이 있으면 좋은 일도 있는 법, 아이들은 잘 자라 주었고 나를 찾는 곳은 점점 늘어났다. 몇 년 후에는 가계도 몸도 제자리를 찾았다. 나는 새옹지마나 역지사지의 의미를 몸으로 겪으면서 조금 성숙해졌다. 성숙의 시기라는 점에서 오십 대 역시 내게는 황금기였다.

그리고 맞은 육십 대는 모든 것이 안정되어 가고 평화를 얻은 시기였다. 남편도 자신의 재능을 살려 새로운 일을 경험해 봤고 아이들도 사회에 뿌리를 내렸으며 짝을 찾아 왔다. 그 사이 두 명으로 시작된 가족이 무려 열네 명으로 늘어났다. 시어머니와 할머니로서의 삶은 또 다른 세계를 열어 줬다. 나를 기다리는 일들도 여전히 많았다.

이제 칠십 대, 어떻게 전개될지 모르지만 역시 황금기겠지?

우리 모두
페미니스트로!

이런저런 일로 방송이나 신문 잡지로부터 인터뷰 요청을 받을 때가 종종 있다. 의례적으로 인터뷰 말미에 살아오면서 한 일 중 가장 잘한 것이 뭐냐는 질문을 받곤 한다. 그럴 때마다 나에겐 준비된 대답이 있다. 아이 셋 낳은 거.

내가 결혼하던 즈음은 나라에서 강력한 산아제한정책을 실시하던 때로 '아들딸 구별 말고 둘만 낳아 잘 기르자' 혹은 '덮어 놓고 낳다 보면 거지꼴을 못 면한다' 같은 구호들이 시도 때도 없이 라디오에서 흘러나왔다.

첫 번째 구호는 그 당시까지도 기승을 떨던 남아선호

사상 때문에 딸 둘을 낳고도 아들을 보기 위해 계속 낳을 가능성이 있는 부부들을 겨냥한 거고, 두 번째 구호는 가난한 유년기와 청소년기를 겪었던 사람들의 풍요로운 삶에 대한 욕구를 자극시키는 데 효과 만점의 유인책이었다. 나라에서 시키는 대로 둘만 낳지 않으면 나만 가난하게 살지 모른다는데 어떻게 겁이 안 나겠는가. 누구의 머릿속에서 나온 아이디어인지는 알 길이 없지만 당시 젊은 부부들의 심리를 적확하게 꿰뚫었다는 점에서 참으로 위대한 카피라고 생각한다.

아무튼 그때 내 동서들이나 형제, 가까운 친구들은 거의 다 아이를 둘만 낳았다. 그런데 경제 능력이 별로인 내가 겁도 없이 셋째를 낳는다고 하니 나의 부모님은 물론 시어머니까지 아연실색하셨다. 다른 욕심은 없는 애들이 촌사람처럼 애 욕심만 많다는 핀잔을 듣기도 했다. 아기가 뱃속에 든 걸 뻔히 알면서도 진짜 낳을 거냐고 캐묻는 무례한 참견도 견뎌야 했다. 너무 노골적으로 말리니까 나중에는 셋이 아니라 넷 다섯도 낳아야지 하는 오기까지 발동할 정도였다.

셋째가 태어난 순간부터 이 날까지 셋째를 낳은 건 내 인생의 가장 탁월한 선택이며 축복이었다는 생각을 잊은 적이 없다. 셋째를 키우면서 육아의 기쁨이 뭔지 확실히 느꼈고 아이 셋을 키우면서 엄마 노릇에 훨씬 자신감이 붙었기 때문이다. 그 자신감은 다름 아니라 아이들은 다 다르게 태어나는 독특한 존재이며, 엄마가 키우려고 애쓰지 않아도 스스로 자랄 수 있는 힘을 갖고 태어난다는 믿음이었다. 그리고 아이들은 내 믿음을 저버리지 않았다.

어떤 인터뷰어들은 인생에서 가장 잘한 일을 두 가지 혹은 세 가지 말해 달라고도 한다. '가장'이란 단어는 '제일'이란 말과 뜻이 같을 텐데 그게 어떻게 두 가지가 됐다가 세 가지가 되는지 모르겠다. 솔직히 맨 처음 그 질문을 받았을 땐 상당히 난감했다. 아무리 내 인생을 뒤져 봐도 잘했다고 뚜렷이 내세울 만한 게 없어서다.

그러다가 생각해 낸 답이 바로 '마흔이 다 돼 여성학을 알게 된 것,' 즉 늦깎이 페미니스트로 살게 된 것이다. 여성학을 공부한 덕분에 다양한 분야에서 여러 가지 일들을 할 수 있었고, 꾸준히 일을 하다 보니 자연히 큰돈은 아니더라도 솔찬한 수입이 따르고 덤으로 유명 인사라는 과분한 대접까지 받게 되었기 때문만은 아니다.

여성학을 알게 되면서 사는 게 훨씬 자유롭고 재미있어졌기 때문이다. 무엇보다 예전에 내가 아무 의심 없이 믿어 왔던 고정관념들이 와장창 깨져 나가기 시작했을 때 느꼈던 감동과 전율을 떠올리면 지금도 짜릿하다.

가장 먼저 깨져 나간 건 남녀의 성격, 지위 그리고 역할에 대한 고정관념이었다. 나는 마흔이 될 때까지도, 여자는 남자보다 속이 좁고 생각이 얕고 머리가 나쁘고 변덕스럽다, 그러므로 모든 점에서 여자보다 나은 남자의 지배와 지도를 받아야 한다, 요즘 세상이 아무리 빠르게 변한다 해도 남자가 하는(해야 할) 일과 여자가 하는(해야 할) 일은 다르며 달라야 한다, 여자의 행복은 뭐니 뭐니 해도 남자의 우산 아래 들어가 사는 것이다 등등에 대해서 의심해본 적이 없었다. 그런 것들은 자연의 섭리요, 우주의 질서이기 때문에 영원히 변하지 않는 진리라고 굳게 믿었다.

하지만 그건 여성의 생각이나 경험을 철저히 배제시킨 남성 중심적인 가부장제 사회가 편의상 만들어 낸 신화였을 뿐이라는 걸 여성학 공부를 시작하자마자 깨달았다. 여성은 여사인 내가 생각했던 그런 어리석고 모자라고 약하고 비겁한 존재가 아니었다.

다시 말해 난 내가 생각하는 것보다 훨씬 괜찮은 인간이었던 것이다. 물론 다른 여자들도 마찬가지다. 이 얼마나 엄청난 발견인가. 명에 남성으로 살던 여자기 마침내 여성으로 돌아온 것이다.

여성의 눈으로 세상을 보기 시작하니 전에는 보이지 않던 것들이 하나둘씩 보이기 시작했다. 집에서 살림만 하고 있었을 때 난 내가 하는 일을 즐겁게 하는 편이었지만 그 일이 사회적으로는 별로 의미 있거나 가치 있다고 생각하지 않았다. 심지어는 집에서 '놀아요'라는 말까지 서슴없이 했다. 여성학은 그런 내가 얼마나 무식하고 어리석었던가 일깨워 주면서도 그게 내 잘못이 아니라고 위로했다.

남자에 대한 생각도 훨씬 관대해졌다. 전에는 남자가 남자답지 못하면 남자가 아니라고 철석같이 믿었다. 머리도 나쁘고 돈도 못 벌고 체구도 별 볼일 없는 남자는 우습게 보았다. 박력이 없는 남자, 내성적인 남자는 남자도 아니라고 흉을 봤다. 부끄러운 짓이었다.

여성학은 내게 사람을 그 사람의 외형, 즉 성별이나 계급, 재산, 학벌, 외모 등 보이는 것으로 판단하지 말고 그 사람 자체를 보고 판단하라고 가르쳤다. 여성학을 통해서 나는 세상과 사람을 다시 보게 되었고 삶은 그 전보다 훨씬 재미있어졌다.

난 요즘 젊은 남자들 중에 페미니스트에 대해 지독한 반감 심지어는 혐오감을 노골적으로 드러내는 이들이 꽤 있다는 기사를 읽거나 들을 때마다 이해가 되지 않는다. 페미니스트는 절대로 남자를 적으로 보지 않는다. 페미니스트가 공격하는 대상은 남성 중심주의에 기반한 가부장제 사회일 뿐이다. 가부장제 사회에서는 여성뿐만 아니라 대부분의 남성도 억압된 삶을 살고 있지 않은가. 오히려 남자들은 페미니스트에게 고마워해야 한다. 페미니스트는 여성이나 남성이나 인간 자체로 존중받아야 한다고 믿는 사람들이기 때문이다.

아주 진부하고 사소한 예지만 데이트 비용이나 결혼 시 주택 마련 비용을 둘러싼 신경전에 대해서 솔직하게 이야기해 보자. 남자들은 여자들이 입으로는 양성평등을 주장하면서 실제로는 남자들에게 빨대를 꽂는 걸 당연하게 여긴다면서 여자들의 꿩 먹고 알 먹고 식의 이중성을 맹렬히 비난하는 것 같다. 페미니스트라면 절대로 그런 이중성을 용인하지 않는다. 아니 용인하지 못한다. 물론 속마음과 달리 여자 앞에서 허세를 떨고 싶어 하는 남자의 이중성도 용인하지 않는다. 그들이 원하는 건 겉과 속이 같은 진정성 있는 남녀 관계이기 때문이다.

페미니스트는 남자가 여자보다 잘나 보이려고 허세를 떨지 않기를 바라며 동시에 여자가 남자보다 못나 보이도록 내숭을 떠는 것도 바라지 않는다. 서로를 있는 그대로 보고, 있는 그대로 포용하기를 바란다. 이처럼 자유롭고 편한 관계가 어디 있겠는가.

나는 남성들도 페미니스트가 되기를 적극 권하고 싶다. 아마 삶이 확 달라질 것이다. 훨씬 풍요롭고 자유롭고 재미있는 인생이 펼쳐지리라 믿는다.

남자건 여자건 페미니스트들이 많아질수록 세상은 훨씬 나아질 거다. 틀림없다.

졸혼,
어떻게 생각하십니까

이십여 년 전, 일본에서 은퇴한 남편을 '젖은 낙엽'이라고 부르고 '황혼 이혼'이 늘어난다는 소식이 들려오기 시작했을 때 우리나라 남성들은 남의 일로 여겼다. 그때까지만 해도 우리 여성들에 대한 맹목적 믿음이 있었던 것 같다.

일본 여성은 평소 속내를 드러내지 않고 다소곳한 태도로 남편을 왕처럼 떠받들다가 남편이 늙어 돈벌이를 못하게 되니까 헌신짝처럼 차 버리지만, 우리나라 여성들은 일본 여성처럼 앙큼하지도 않고 의리가 있기 때문에 절대 그럴 리 없다고 큰소리를 펑펑 쳐 댔다.

최근에 우리나라 황혼 이혼율이 신혼 이혼율을 훌쩍 뛰어넘을 정도로 급속히 늘어나고 있는 현실을 그들은 어떤 마음으로 보고 있을지 궁금하다. 아마 여성들이 많이 배웠다고 간이 커져서 하늘 같던 남성을 우습게 보는 세태를 탓하거나 가족법에 이혼 시 재산분할청구권이라는, 남성으로서는 너무나 억울하게만 느껴지는 소항을 넣기 위해 투쟁한 여성운동가들을 원망할 것이다.

아무튼 황혼 이혼은 당분간 지속적으로 늘어날 거라고 본다. 이혼에 대한 사회적 인식이 크게 바뀐 데다 희생과 헌신을 여성의 덕목으로 생각하는 여성은 더 이상 없으며 이혼 시 경제활동을 안 한 여성도 가계에 공헌한 만큼 부부 재산의 반 정도는 나눠 가질 수 있기 때문이다.

그리고 여기서 빼놓을 수 없는 요인이 하나 더 있다. 너나없이 백 세까지 살지도 모르게 된 것이다. 따라서 아이들을 독립시킨 후 부부 단둘이 살아가야 할 시간이 엄청 늘어났다. 자연히 부부 관계에서 사랑 또는 우정 다시 말해서 친밀감의 중요성이 강조될 수밖에 없다.

황혼 이혼에 이른 대부분의 부부는 그동안 끊임없는

소통을 통해 친밀감을 쌓는 데 실패한 경우라고 할 수 있다. 젊었을 때는 돈을 벌고 아이들을 키우느라고 소통의 중요성을 별로 못 느끼고 산다. 소통이 단절된 상태로 오래 살다 보면 아이들이 집을 떠날 때쯤엔 돌이킬 수 없을 정도로 간극이 심해지는 것이다.

예전처럼 아이들을 많이 낳았던 때 그리고 예전처럼 환갑을 넘기면 수를 누렸다고 축하를 받을 정도로 수명이 짧았을 땐 황혼 이혼이란 말 자체도 성립될 수 없었다. 황혼 이혼은 새로운 인생을 살고 싶다는 의지의 표현이다. 예전엔 사회나 개인도 이혼을 터부시한 건 물론이고 누구나 늙으면 당연히 자식의 부양을 받았고 손주들 자라는 재미를 누리다 보면 곧 죽음을 맞았다. 황혼 이혼도 장수 시대니까 가능한 시대의 현상이다.

최근 일본에서 졸혼(卒婚, 소쓰콘)이 증가하고 있다는 뉴스를 들었다. 나이 든 부부가 이혼하지 않으면서도 각자 자신의 삶을 즐기며 자유롭게 사는 생활 방식으로 스기야마 유미코라는 일본 작가가 2004년에 쓴 『졸혼을 권함』이라는 책에서 시작된 말이라고 한다. 이혼인 듯 이혼 아닌,

이혼 같은 결혼 생활을 말하는 건데 한집에서 살든 따로 집을 얻어서 살든 서로의 생활에 간섭하지 않되 한 달에 한두 번 정도는 만나는 관계다.

졸혼에 대한 뉴스를 전한 한 인터넷 매체는 재빨리 우리나라 미혼 남녀를 대상으로 의견을 조사했더니 무려 57퍼센트가 졸혼에 대해서 '좋다'고 답했단다. 댓글에서도 '신선하다', '새로운 결혼 풍속도다' 등의 호의적인 글이 '말세다', '가족 파괴다' 등의 부정적인 반응보다 훨씬 많았다.

그 기사를 보면서 나는 결혼도 하기 전에 졸혼에 대해 저렇게 열린 태도를 취하는 젊은이들이라면 틀림없이 결혼 생활을 잘 이끌어 나갈 수 있으리라는 믿음이 들었다.

우리 또래는 졸혼이란 말에 혼란스런 반응을 보였다. 장수 시대에 걸맞은 새로운 결혼 풍속도로 '멋있다', '이상적이다'라며 적극 지지하는 축도 있고 별거와 다른 것이 무어냐며 시큰둥한 반응을 보이는 축도 있다. 그런가 하면 이미 한집에 살면서도 따로 사는 것 같은 부부가 얼마나 많은지 아느냐, 알고 보면 많은 부부가 졸혼 상태에 들어가 있다고 주장하는 이도 적지 않다. 또 부부가 따로 살면

집값과 생활비가 배로 들 텐데 그럴 만한 능력이 있는 사람들이 몇이냐 되겠냐, 결국 졸혼도 있는 자들의 놀음이라며 빈정거리는 이도 있다.

한 친구는 얼마 전 친한 부부가 은퇴 후 남쪽 마을로 내려가 자그마한 집 두 채를 나란히 짓고 따로 사는데 둘 다 그렇게 행복해할 수가 없다며 부러워했다. 원래 사이가 좋은 부부였지만 졸혼 후 훨씬 더 돈독해졌다는 것이다.

얼마 전 나는 결혼에 대한 이야기를 책으로 낸 적이 있다. 으레 그래 왔듯이 그럴싸한 내용은 한 대목도 없이 내 결혼 생활의 애환을 탈탈 털어 낸 고백서였는데 그중에서 독자들이 가장 흥미로워한 부분이 '결혼 정년제를 허하라'는 도발적인 대목이었다.

제목이 알려 주듯 내용은 명확하다. 장수 시대에 한 배우자와 해로한다는 건 억지다. 결혼 정년제를 제도화해서 일정 기간이 되면 이혼이라는 거추장스런 절차를 거치지 않고 결혼 계약이 자동 해지되도록 하면 좋겠다. 그 배우자와 계속 살고 싶으면 재계약하고 아니면 그것으로 끝이니 서로 얼굴 붉히거나 삿대질할 일 없이 얼마나 깔끔한

제도인가.

나로선 엄청난 후폭풍을 기대했는데 결과는 미미했다. 인터뷰 때마다 결혼 정년제 이야기를 빠뜨리지 않았고 시청률이 꽤 높은 〈아침마당〉에 출연해서 한 시간 동안이나 강연하며 결혼 정년제에 대해서 언급했는데도 방청객들만 크게 웃었을 뿐 그것으로 끝이었다.

내 짐작대로 남성과 여성은 결혼 정년제에 대해서 다른 반응을 보였다. 여성들은 실천까지는 못하겠지만 심정적으론 절대 찬성이라며 열광한 반면, 대부분의 남성들은 결혼 정년제라는 단어 자체에서 심한 거부감을 나타냈다. 자기 아내는 분명 재계약을 하지 않으리라고 확신하는 듯했다. 졸혼도 마찬가지였다. 여성들은 심정적으론 적극 환영하지만 현실적으론 그럴 만한 능력이 없기 때문에 감히 엄두도 못 낸다고 말하는 반면 남성들은 말만 들어도 기분이 불쾌해진다고 한다.

우리 세대는 결혼 정년제나 졸혼에 대해서 이렇게 엉거주춤한 자세로 결혼 생활을 마무리하겠지만 다음 세대는 과연 어떨까. 결혼의 미래가 새삼 궁금해진다.

이만하면
됐지

젊은 시절, 사는 게 뜻대로 되지 않아 속이 부글부글 끓어오를 때는 빨리 나이를 먹어 팍 늙어 버렸으면 좋겠다고 생각했다. 혹시 일흔 살까지 살아 있다면 그땐 모든 번뇌가 사라지는 명경지수의 경지가 되리라 믿어 의심치 않았다. 예순 줄에 들어서면서 그게 얼마나 큰 착각인지 감을 잡았지만 그래도 한 십 년쯤 더 살아 보면 그때는 그래도 좀 나아지겠지 하는 미련이 한 스푼쯤은 남아 있었다.

물론 일흔이 된 지금 나는 한 치도 나아지지 않았다. 그나마 좀 나아졌다면 부글부글 끓어오르는 간격이 많이 길어진 데다 가라앉는 시간은 조금 빨라진 것 정도라고 할까. 거기다 나를 끓게 만드는 요인이 바깥에 있는 게 아니라 내 속에 있다는 사실을 백 퍼센트 인정하게 됐다는 것이다.

워낙 잘 웃는 덕분에 사람들은 내가 늘 행복해 보인다고 한다. 처음 만나는 사람도 그렇고 오래 만나 온 사람도 그렇게 말한다. 심지어 해피바이러스의 전파자라는 말까지 듣기도 한다. 그럴 때마다 난 사기꾼이 된 기분이다. 물론 그 사람과 만나 대화를 나누는 그 순간에는 행복한 게 사실이고 다른 사람들처럼 나 역시 행복하게 살려고 노력해 왔지만 남들이 생각하는 것처럼 늘 행복한 건 아니다. 만약 그렇게 말한다면 자신을 속이고 세상을 속이는 거다.

내가 늘 행복하다고 감히 말할 수 없는 이유는 아직도 욕심 때문에 마음이 부글거릴 때가 드물지 않기 때문이다. 평소에는 늘 '내 주제에 이만하면 과분하지'라며 가진 것에 고마워하다가도 어느 날 불쑥 내가 더 가질 수 있는데 억울하게 놓친 것 같아서 앙앙불락할 때가 있다. 바로 다른 사람들이 가진 것이 눈에 들어올 때다. 그럴 때면 내가 가진 것은 안 보이고 다른 사람이 가진 것만이 크게 보인다.

이렇게 남과 비교하는 순간 나의 행복은 사라져 버린다. 행복은 바깥이 아니라 바로 내 마음속에 있다는 간단명료한 진리를 잊는 순간이다.

남들 앞에서는 참 쉽게 떠들어 댄다. 아이를 잘 키우고 싶은데 뜻대로 안 된다고 속상해하는 엄마들에게 난 '당신의 아이를 남의 아이와 비교하지 말라'고 힘주어 말한다. 당신의 아이는 옆집 아이도, 친구네 아이도, 시누네 아이도 아닌 바로 당신의 소중한 아이요, 이 세상에 하나밖에 없는 귀한 아이다. 그러므로 아이를 있는 그대로 사랑하라고. 자신이 고유하고 가치 있는 존재로 대접받고 자란 아이는 커서도 그런 어른이 될 거라고.

그게 말처럼 쉽지 않다는 건 나도 잘 안다. 나만 봐도 그렇다. 요행히 아이들은 잘 자라 줬지만 나 스스로는 꿋꿋하게 잘 사는 것 같다가도 아차 하는 순간에 비교의 함정에 빠져 허우적거리기 일쑤다. 이럴 때 고전을 펴 들고 동서고금의 위인들의 말을 되새겨 보는 것도 마음을 가다듬는 데 도움이 되겠지만 더 좋은 건 늘 긍정적으로 사는 친구를 만나는 것이다. 다행히도 내겐 그런 친구가 있다.

이 친구는 늘 '이만하면 됐지'라는 말을 입에 달고 산다. 부자가 되고 싶어 하지도 않고 큰 집에 살고 싶어 하지도 않고 부유하거나 지위가 높은 친구를 부러워하지도 않는다. 주머니 사정이 그리 넉넉하지 않은데도 친구들에게 밥도 잘 산다. 친구에게 어려운 사정이 생기면 진심으로 걱정하고 살뜰하게 챙겨 준다.

나도 오래전 경제적으로 큰 곤경에 처했을 때 이 친구로부터 물심양면으로 위로를 받았다. 세상이 끝난 것처럼 절망에 빠졌던 내게 그 친구가 가장 자주 한 말은 '그래도 이만했으니 다행'이라는 위로였다. 돈은 잃었지만 사람은 잃지 않지 않았느냐는 뜻이었다. 잃은 것은 빨리 잊어버리고 아직 갖고 있는 것을 고마워하고 소중히 하라는 말이었다. 처음에 그 말을 들었을 땐 '어떻게 이보다 더 심하게 당할 수 있어?'라는 마음에 반발심이 들기도 했지만 자꾸 듣다 보니 그 상황에서 이보다 큰 위로가 없다 싶었다.

난 혹시 친구가 비록 부유하진 않지만 그래도 평생 순탄하게 살았기 때문에 그렇게 마음 부자로 살 수 있는 게 아닐까 조금은 심술궂은 추측을 해 본 적도 있다. 사람이 얼마나 마음이 피폐해질 수 있는지를 곤경을 통해 경험했기 때문이다. 그러나 내 추측은 완벽하게 어긋났다.

얼마 전 친구네 집안에 예기치 못한 불상사가 일어났다. 결혼해서 잘 살고 있는 줄 알았던 아들이 갑자기 파경을 맞은 것이다. 나는 이날 이때까지 크게 어려운 일 없이 살아온 친구가 이 충격을 어떻게 이겨낼지 걱정이었지만 그저 잘 수습되기만 기다릴 뿐 아무 도움도 주지 못했다.

몇 달 후 만난 친구는 내가 짐작한 것보다 훨씬 의연한 모습으로 나타났다. 전후 사정을 조곤조곤 풀어서 설명해준 친구가 맨 끝에 한 말, 그것은 '이만하면 다행이지'였다. 아들이 가정은 잃었지만 건강하니 그것으로 됐다는 말이었다. 아니, 그 말은 본인이 아니라 내가 해야 할 말이 아닌가. 친구는 내가 생각했던 것보다 훨씬 더 강하고 성숙한 사람이었다. 그리고 행복해할 줄 아는 사람이었다.

이 나이가 되어서도 쓸데없이 남을 기웃거리다 마음이 부글거릴 때면 난 냉큼 친구의 말을 떠올린다.

"이만하면 됐지."

그러고 보면 행복, 참 쉽다.

내가 꿈꾸는
세상

올해는 연초부터 유난히 먼지 때문에 괴로웠다. 연례행사가 되어 버린 중국발 황사 폭탄은 올해도 어김없이 하늘을 뒤덮었으며 엎친 데 덮친 격으로 평생 들어 보지도 못했던 미세 먼지의 공습까지 속절없이 당해야 했다.

마스크를 써도 소용없고 한 번 몸에 들어오면 절대로 씻겨 나가지 않는다는 미세 먼지가 몰고 온 공포는 미세라는 말이 무색하게 거대하기만 하다. 겨우내 집 안에서 웅크렸던 아이들은 봄이 왔어도 바깥에 나가 놀 수 없었다.

정부에선 친절하게 미세 먼지가 많은 날은 노약자들에

게 외출을 삼가라는 메시지를 스마트폰으로 보내 주지만 노약자인 나의 걱정거리는 손주들이다.

요즘 젊은이들은 우리나라를 헬조선이라고 부르며 희망 없는 청년들의 처지를 자조하거나 혹은 탈출을 꿈꾼다고 한다. 이미 기득권 꼰대인 나는 헬조선이라는 말이 영 거슬리는 게 사실이지만, 젊은이들인들 자기가 사는 땅을 지옥으로 부르고 싶어서 부르겠느냐는 생각에 섣부른 훈계를 하고 싶지도 않다.

그런데 사상 최악의 무더위를 겨우 벗어나자마자 북한 발 핵무기의 위협이 점점 가시화된 데다가 설상가상으로 지진의 공포까지 덮쳐 오니 내가 사는 이곳이 말 그대로 지옥으로 변할 수 있다는 위기감이 엄습해 온다. 나야 격변의 시기를 용케도 헤엄쳐 지금까지 그런대로 잘 살아왔고 앞으로도 길어야 이십 년 정도만 버티면 끝나니까 괜찮다.

하지만 마스크를 쓰고 할머니 집에 놀러 와서도 하루 종일 바깥 구경을 못 하고 집 안만 맴도는 손주들을 보니 마음에 먹구름이 드리운다. 이 아이들은 앞으로 칠십 년 이상을 살아갈 텐데 과연 여기서 행복하게 살 수 있을까?

지금으로선 도저히 답이 안 나온다.

평생 이 땅에 살면서 난 한 번도 이민을 꿈꿔 본 적이 없다. 칠십 년대 초에 소위 지식인들 사이에 이민러시가 일었을 때도 난 이민 떠나는 친구들을 조금도 부러워하지 않았다. 올망졸망한 아이 셋을 키울 때 전쟁이 일어날지도 모른다는 공포 분위기가 조성될 때가 여러 번 있었다. 모두들 앞다투어 쌀과 라면, 혹은 비상식량 배낭을 사들일 때도 주위에서 걱정할 정도로 난 초연했다. 전쟁이 일어나면 나만 죽느냐며 라면 다섯 개들이 한 봉지도 안 샀다.

그랬던 나였는데 올여름은 생각이 좀 달라졌다. 아이들을 이 땅에서 벗어나게 하고 싶다는 생각이 스멀스멀 일어나는 것이었다. 하지만 생각뿐이지 내가 할 수 있는 일이 아니라는 것쯤은 잘 알고 있다.

내가 지금 여기서 할 수 있는 일이라곤 오직 머릿속에서 손주들에게 새로운 세상을 만들어 주는 것뿐. 그래서 난 지난여름 내내 꿈을 꿨다. 내가 초능력자가 되는 꿈을.

아, 내게 뭐든지 바꿀 수 있는 초능력이 주어진다면 당장 내가 사는 이 세상을 내가 꿈꾸는 세상으로 바꾸고 싶다.

첫째, 맑은 공기와 깨끗한 물, 그리고 곳곳에 숲이 있는 초록빛 세상으로 바꾸고 싶다. 최소한 마음 놓고 숨 쉴 수 있는 그런 세상으로.

둘째, 핵 위협이 없는 세상, 전쟁의 공포가 없는 세상으로 바꾸고 싶다. 파괴를 위해 쓰는 돈을 평화를 위해 돌린다면 이 세상에서 굶거나 못 배우는 아이들이 사라질 텐데.

셋째, 아이들이 범죄나 사고, 학대 등으로부터 안전한 세상으로 바꾸고 싶다. 모든 어른들이 아이들을 소중한 존재로 대하고 따뜻하게 보살피는 세상으로. 아이들을 상대로 하는 범죄를 저지르는 어른들에겐 엄벌을 내리는 세상으로.

넷째, 공부에 찌들리지 않고 맘껏 자신만의 꿈을 펼칠 수 있는 세상으로 바꾸고 싶다. 공부도 놀이도 즐거운 그런 세상으로.

다섯째, 뭘 해도 부지런하기만 하면 먹고살 수 있는 세상으로 바꾸고 싶다. 모든 일이 존중받고 대우받는 그런 세상으로.

여섯째, 남의 것을 탐하지도 시기하지도 않는 세상, 자신이 중하듯 남도 중하게 여기는 세상으로 바꾸고 싶다.

일곱째, 사람과 사람 사이에 늘 선의가 넘치는 세상으로 바꾸고 싶다. 아이들한테 낯선 사람을 경계하라고 말하지 않아도 되는 그런 세상을.

한번
들어 보렴

손주들아, 할머니는 너희들이 튼튼하게만 자라면 더 바랄 게 없다고 했지만 솔직히 말하면 다른 욕심들도 꽤 있단다. 한번 들어 보렴? 물론 할머니 말이 너무 고리타분하게 들릴 수도 있을 거야. 할머니들은 원래 좀 그래.

애들아, 난 너희들이 언제 무슨 일에 부딪쳐도 늘 긍정적인 마음을 잃지 않았으면 좋겠어. 이만큼 살아 보니까 알겠어. 세상은 원래부터 정해져 있는 게 아니라 내가 생각하는 대로 보이는 거라는 걸.

슬픈 이야기지만 너희들 앞엔 좋은 일도 많겠지만 나쁜 일도 많을 거란다. 어쩌면 나쁜 일이 더 많을지도 몰라. 하고 싶은 일이 너희들 뜻대로 안 될 때 마치 세상의 끝에 선 것처럼 절망에 빠지지 말기를 바란다.

이 세상에 공짜는 없단다. 그리고 인생에 헛된 시간이란 건 없어. 어제가 있었기에 오늘이 있는 거고, 오늘 쌓은 것이 모여 내일을 만드는 거란다. 오늘의 실패는 세상의 끝이 아니라 내일의 디딤돌인 거야.

애들아, 다른 사람들도 사랑해야 하고 자연도 사랑해야 하지만 그에 앞서 가장 사랑해야 할 사람은 바로 너희들 자신이어야 한단다. 자신을 사랑하지 않으면서 남을 사랑한다는 건 실은 진짜가 아니야.

너희들은 어쩌면 자신은 사랑받을 존재가 못 된다고 생각할 수도 있어. 자기 자신을 가장 잘 아는 사람은 자기라고 생각하니까. 그런데 아무리 생각해도 자신은 내세울 게 없는 못난이기 때문에 사랑받을 자격이 없다고 생각하게 되지.

하지만 잘 생각해 봐. 그건 자신에 대해 기대가 너무 크기 때문이 아닐까. 그리고 자신을 있는 그대로 보는 대신 항상 다른 사람과 비교하기 때문은 아닐까. 아마 그럴 거야. 그렇지만 사람은 누구나 다 소중한 존재야. 누구와도 비교해서도 비교당해서도 안 되는 온 우주에서 유일한 존재란다. 너희들도 그런 존재라는 걸 절대 잊으면 안 돼.

나를 사랑하는 사람은 온 몸과 온 마음이 사랑으로 충만한단다. 내가 사랑이 충만할 때 그 사랑을 남에게 줄 수 있는 거지. 그러니 공연히 남과 비교해서 주눅 들지도 말고 우쭐하지도 말아야 해. 나는 나야.

애들아, 다른 사람에 대해서도 오로지 그 사람의 있는 그대로를 사랑해야 해. 그의 외모나 돈이나 지위에 따라서 좋아하거나 싫어하지 마라. 솔직히 이건 누구에게나 참 어려운 주문이란다. 그래서 많은 어른들이 돈이 많거나 지위가 높은 사람들에게 아부하거나 혹은 질시를 하지.

그렇지만 돈이나 지위는 있다가도 없고 없다가도 있을 수 있는, 벗으면 그만인 옷 같은 거야. 그걸로 사람을 판단

하면 진짜 그 사람을 모르고 지나게 되지. 있을 땐 굉장히 친한 것 같다가도 없어지면 멀어지는 그런 관계는 진짜가 아니란다. 얼마나 슬픈 얘기니. 너희들은 겉옷이 아니라 맨몸을 보고 친구를 사귀었으면 좋겠구나. 너희들이 비틀거릴 때 말없이 어깨를 내어 주는 그런 친구들을.

애들아, 너희들은 아마 엄마 아빠보다 훨씬 오래 살 거야. 백 살도 넘을 거야. 사람이 오래 살면 좋은 점도 있지만 어려운 점도 많단다. 일도 오래 해야 하고 돈도 더 많이 벌어야 하지. 그래서 무엇보다 즐기면서 하는 일을 찾아야 해. 남이 보기에 근사한 일들, 남들보다 돈을 많이 벌 수 있는 일이 아니라 진짜 자기가 좋아하는 일을 찾아서 그 일로 평생토록 밥을 먹어야 해.

그러려면 어렸을 때부터 자기가 뭘 좋아하는지 스스로 찾아내야 해. 다른 애들이 뭘 좋아하는지 뭘 잘하는지 신경 쓸 거 전혀 없어. 학원도 엄마가 시킨다고 무조건 따라가지 말고 자기가 공부하고 싶은 게 있으면 그때 골라서 가면 돼. 꼭 하고 싶은 게 생기면 그때 밀어붙이는 거야. 도

둑질과 비럭질만 아니라면 무슨 일이라도 괜찮단다.

보통 착한 아이들은 엄마 아빠가 반대하면 이내 자신의 꿈을 포기하기 쉬운데, 손주들아, 비밀 하나 가르쳐 줄까? 예로부터 자식 이기는 부모는 없단다. 너희가 간절히 원한다면 부모는 밀어주게 되어 있어. 혹시 그때까지 할머니가 살아 있으면 나한테 SOS를 쳐. 기력이 없는 몸이라도 달려가서 응원해 줄게.

애들아, 난 너희들이 자기 자신만 생각하는 속 좁은 사람이 되면 참 슬플 거 같단다. 사는 게 팍팍하면 마음도 메마르게 되더구나. 하지만 너희들은 사는 게 좀 팍팍하더라도 넉넉한 마음을 가졌으면 정말 좋겠다.

너희가 어른이 될 땐 이 지구 위에 더 이상 어렵게 사는 이웃들이 사라지길 바라지만 그게 꿈이라는 걸 할머니도 잘 알고 있어. 그들에게 너희들이 가진 걸 조금씩 나눠 줄 줄 아는 사람이 되기를 간절히 바란단다. 내 손주들이 있어 세상이 조금씩 나아진다면 할머니가 이 세상에 왔다 간 것도 꽤 의미 있는 일이었노라고 감히 말할 수 있을 거야.

에필로그

오늘, 난생처음
살아 보는 날

　사상 유례없는 불볕더위로 온몸이 곤죽이 되던 지난
여름이었다. 일하기도 싫고 사람 만나기는 더 싫어 은둔형
외톨이로 몇 날 며칠을 지냈다. 아니 은둔형 노부부라고
해야 맞는 말이겠지. 부부가 하루 종일 집 안에서 얼굴을
맞닥뜨리며 삼시 세끼를 해결하느라 서로 신경전을 벌이
고 나면 무슨 중노동을 한 양 몸이 처지던 나날이었다.

　오랜만에 지인들을 만나 냉방 완비된 식당에서 저녁
을 먹고 나오니 시간이 늦었는데도 아스팔트와 보도블록
에서는 여전히 뜨거운 열기를 뿜어내고 있었다. 어떻게 된

노릇이 이번 더위는 낮도 밤도 모르나 보았다. 여태까지의 상식에 따르면 낮에 아무리 뜨거워도 저녁 무렵부터는 수그러드는 게 정상이 아니었나.

"육십사 년을 살아오는 동안 이렇게 더운 여름은 난생처음인 것 같아요."

지인의 말에 나도 거들었다.

"육십사 년은 그래도 낫지, 난 칠십 년을 살아오면서 이런 더위 난생처음이에요."

육십사 년이면 어떻고 칠십 년이면 어때. 별걸 갖고 다 경쟁을 하는 것 같아 우린 그 무더운 거리 위에서 소녀들처럼 깔깔 웃었더랬다.

집으로 돌아오는 길 나는 문득 깨달았다. 어찌 이 무더위만 난생처음일까. 오늘 만난 그 식당도 난생처음 가 본 곳이었고 오늘 먹은 수많은 가짓수의 그 뷔페 음식들 중에도 난생처음 먹어 보는 게 얼마나 많았던가. 아니 아니, 오늘이라는 날 자체가 난생처음 살아 보는 날이 아닌가.

그 난생처음 살아 보는 날을 맞던 오늘 아침에 난 어떤 기분이었는가를 떠올려 봤다. '무덤덤했다'라고 말할 수 있었으면 그나마 봐줄 텐데 그것도 아니었다. 눈 뜨자 마자부터 짜증이 삭렬했다.

언제부터 이 나라가 아열대가 된 거지? 왜 이렇게 무덥고 습한 거야. 또 아무것도 못 하고 하루를 보내겠네. 도대체 언제가 되어야 이놈의 더위가 물러간단 말이야. 이럴 땐 만사 제치고 무주에나 가 있어야 하는데 저녁 약속이 있으니 그것도 못 하겠고. 애초에 왜 오늘 같은 날 약속을 잡았나 몰라. 지금이라도 취소할까? 엄청 욕먹겠지? 다른 사람들보다 저 인간이 더할 거야. 남한테 싫은 소릴 절대 못 듣는 남자니까. 안 돼, 안 돼. 아이고, 이 더운 날 저녁때까지 뭘 하고 버티지? 에어컨이나 팡팡 틀어 대면 좋겠지만 전기료 무서워서 그것도 못하고. 아니, 이 나이쯤 되면 전기료 따위 걱정 안 하고 살아야 하는 거 아니야? 평생 애면글면하면서 살다가 가는 인생도 참 서글프네. 무더위가 마치 남편 탓인 양 공연히 눈을 흘겼던 아침이었다.

칠순이 되던 새해 아침, 난 나에게 약속했었다. 내가 난생처음 살아 보는 이 칠순이 되는 해는 단 한 해 동안만이라도 정말 괜찮게 살아 보겠다고. 하루하루를 소중히 여기고 하루하루 욕심을 덜어 내 가며 조금씩 더 사랑하고 베풀면서 살겠다고. 칠순이나 먹었으니 이젠 좀 사람답게 살아야 하는 거 아니냐고.

꿈이 너무 야무졌나 보다. 작심삼일은커녕 작심삼초도 안 돼서 욕심은 야금야금 불어나 나를 얽어매고 사랑하고 베풀겠다는 마음은 자꾸 메말라 간다. 하루하루가 소중하고 감사하다는 생각에 앞서 하루를 살아갈 일이 버겁게만 느껴진다.

난생처음 겪는 무더위 앞에서 나는 새삼 내가 하루하루 겪는 일 하나하나가 다 난생처음이란 엄숙한 사실을 되새겼다. 오랜 세월에 걸쳐 만나 온 지인들이지만 이렇게 무더운 날 만난 것도 난생처음이었다. 무더위 속에서 집으로 가는 마을버스를 그토록 오랫동안 하염없이 기다려 본 것도 난생처음이었다. 다른 때 같았으면 오 분 이상 버스가 안 오면 그냥 걸어갔는데 날씨가 날씨인지라 그냥 기다렸다. 십 분도 넘어 도착한 마을버스가 그렇게 고맙고 버스 안의 냉방이 그토록 고마웠던 것도 난생처음이었다.

평소에는 버스나 지하철의 냉방이 너무 과하다고 못마

땅해했더랬다. 그런데 오늘은 단돈 천 원도 안 되는 돈으로 바깥과는 너무 다른 쾌적한 냉방을 누리며 편안히 집에 갈 수 있다는 게 황감하기까지 했다.

아파트 바로 앞에 있는 마트가 이 더운 날 늦은 시간까지 문을 여는 데 대해 고마운 마음이 든 것도 난생처음이었다. 일찍 문을 닫았다면 내일 아침 먹을 계란과 사과를 어디 가서 샀을까. 나처럼 살림을 꼼꼼히 챙기지 못하는 덜렁이 주부에게 집 앞 마트는 구세주나 마찬가지다. 가끔 품질이 썩 좋지 않은 물건들 때문에 툴툴거렸는데 이 무더위를 생각하면 다 배부른 투정이다.

선풍기를 틀었더니 더운 바람이 나온다. 집 안은 낮 동안 달궈진 탓에 바깥보다 더 더웠다. 그렇다고 이 늦은 시각에 에어컨을 켜자니 여태까지의 습관이 허락하지 않는다. 그저 아끼고 아끼면서 살아온 세대가 아닌가. 그날 밤, 나는 난생처음 거실 바닥에서 자기로 했다. 탁월한 선택이었다. 위 공기는 후덥지근해도 딱딱한 마룻바닥은 시원했다. 아무것도 덮지 않고 아무것도 깔지 않았는데도 오랜만에 깊은 잠에 들었다.

오래전 한창 바빴을 때 나는 난생처음 하는 일들이 거의 날마다 생기는 바람에 들뜬 나날을 보냈었다. 난생처음 사람들 앞에서 강의를 하고, 난생처음 책이란 걸 다 내 보고, 난생처음 텔레비전에 출연하더니 사회까지 보고, 난생처음 사회운동 단체의 대표를 맡아 보고…. 한마디로 중년기에 들어 갑자기 삶이 다이내믹해지면서 점차 일상의 새로움에 대해서는 무감각해졌다.

내가 사는 오늘 하루하루가 난생처음 맞는 날이라는 걸 잊어버리고 무언가 새로운 이벤트가 없으면 사는 게 재미도 없고 의미도 없다고 생각했다. 이십 년 이상을 그렇게 살았다. 이제 일흔이 넘어서야 일상의 새로움을 다시 느끼고 있다니 참 어리석기도 하다.

난생처음 살아 보는 내일은 또 무슨 일이 일어날지 기대된다.

오늘, 난생처음 살아 보는 날

초판 1쇄 발행 2017년 1월 10일
초판 5쇄 발행 2022년 1월 25일

지은이 박혜란
펴낸이 이수미
편집 김연희 **일러스트** 배꿀 **디자인** [★]규 **마케팅** 김영란

종이 세종페이퍼 **인쇄** 두성피엔엘 **유통** 신영북스

펴낸곳 나무를 심는 사람들
출판신고 2013년 1월 7일 제2013-000004호
주소 서울시 용산구 서빙고로 35, 103동 804호
전화 02-3141-2233 **팩스** 02-3141-2257
이메일 nasimsabooks@naver.com
블로그 blog.naver.com/nasimsabooks